ਤਪੀਨੀ

तिरिछ

उदय प्रकाश

की

नौ कहानियाँ

वाणी प्रकाशन

प्रकाशन के उत्कृष्टतम 62 वर्ष

vaniprakashan.com

सजिल्द पहला संस्करण : 2001
सजिल्द दूसरा संस्करण : 2008
सजिल्द तीसरा संस्करण : 2013
सजिल्द चौथा संस्करण : 2020
सजिल्द पाँचवाँ संस्करण : 2025

वाणी प्रकाशन
4695, 21-ए, दरियागंज, नयी दिल्ली-110 002
फ़ोन : + 91 11 23273167, 23275710
शाखाएँ
अशोक राजपथ, पटना-800 004, बिहार
कॉफ़ी हाउस कैम्पस, महात्मा गांधी मार्ग, प्रयागराज-211 001, उत्तर प्रदेश
महात्मा गांधी अन्तरराष्ट्रीय हिन्दी विश्वविद्यालय, वर्धा-442 001, महाराष्ट्र
sales@vaniprakashan.in
vaniprakashan@gmail.com

TIRICHH
by Uday Prakash

ISBN : 978-93-8143-714-3
Collection of Stories

सिटी प्रेस, दिल्ली-110 095 में मुद्रित

वाणी प्रकाशन का लोगो मक़बूल फ़िदा हुसैन की कूची से

मनजीत बावा

और
स्वर्गीय पूनम वर्मा की स्मृति को

काट्याच्या अणिवर वसली तीन गाँवे
दोन ओसाड़ तीसरे वसेचिना
—ज्ञानेश्वर

[काँटे की नोक पर बसे तीन गाँव
दो उजाड़, तीसरा बसा ही नहीं]

अनुक्रम

नेलकटर

सावन में घास और वनस्पतियों के हरे रंग में हल्का अँधेरा–सा घुला होता है। हवा भारी होती है और तरल। वर्षा के रवे पर्तों में तैरते हैं।

मैं नौ साल का था।

इसी महीने राखी बँधती है। कजलैयाँ होती है। नागपंचमी में गोबर की सात बहनें बनायी जाती हैं। धान की लाई और दूध दोने में भरकर हम साँपों की बाँबियाँ खोजते फिरते हैं।

हरियरी अमावस भी इसी महीने होती है। मैं बाँस की ख़ूब ऊँची जेंड़ी बनाकर उस पर चढ़कर दौड़ता था। मेरी ऊँचाई कम–से–कम बारह फुट की हो जाती होगी।

माँ दक्षिण की ओर के कमरे में रहती थीं। बम्बई के टाटा मेमोरियल अस्पताल से उन्हें ले आया गया था। सिर्फ़ अनार का रस पीती थीं। वे बोलने के लिए अपने गले में डॉक्टरों द्वारा बनाये गये छेद में उँगली रख लेती थीं। वहाँ एक ट्यूब लगी थी। उसी ट्यूब से वे साँस लेती थीं।

बहुत बारीक़, ठण्डी और कमज़ोर आवाज़ होती थी वह। कुछ–कुछ यन्त्रों जैसी आवाज़। जैसे बहुत धीमे वॉल्यूम में कोई रेडियो तब बोलता है, जब बाहर ख़ूब ज़ोरों की बारिश हो रही हो और बिजलियाँ पैदा हो रही हों, या तब जब सूई किन्हीं बहुत दूर के दो स्टेशनों के बीच कहीं अटक गयी हो।

माँ को बोलने में दर्द बहुत होता होगा। इसलिए कम ही

बोलती थीं। उस यन्त्र जैसी आवाज़ में हम माँ की पुरानी अपनी आवाज़ खोजने की कोशिश करते। कभी–कभी उस असली और माँ जैसी आवाज़ का कोई एक अंश हमें सुनाई पड़ जाता। तब माँ हमें मिलती, जो हमारी छोटी–सी स्मृति में होती थी।

लेकिन माँ सुनना सब कुछ चाहती थीं। सब कुछ। हम बोलते, लड़ते, चिल्लाते या किसी को पुकारते तो व्याकुलता से वे सुनतीं। हमारे शब्द उन्हें राहत देते होंगे।

उनकी सिर्फ़ आँखें बची थीं, जिन्हें देखकर मुझे उम्मीद बँधती थी कि माँ कहीं जायेंगी नहीं। मेरे पूरे जीवनभर रही आयेंगी। मैं हमेशा के लिए उनकी उपस्थिति चाहता था। चाहे वे चित्र की तरह या मूर्ति की तरह ही रही आयें। और न बोलें।

लेकिन उनके जीवित होने का विश्वास भी रहा आये, जैसा कि चित्रों के साथ नहीं होता।

मैं कभी–कभी बहुत डर जाता था और रोता था। अपने जीवन में अचानक मुझे कोई एक बहुत ख़ाली बिल्कुल ख़ाली जगह दिख जाती थी। यह बहुत डरावना होता था।

उस दिन माँ ने मुझे बुलाया। बाहर मैदान में घास का रंग गहरा हरा था। बादल बहुत थे और हवा में भार था। वह भीगी हुई थी।

माँ ने अपनी हथेली मेरे सामने फैला दी। दायें हाथ की सबसे छोटी उँगली की बगल वाली उँगली का नाख़ून एक जगह से उखड़ गया था। उससे उन्हें बेचैनी होती रही होगी।

इस उँगली को सूर्य की उँगली कहते हैं।

मैं समझ गया और नेलकटर लाकर माँ के पलँग के नीचे फ़र्श पर बैठ गया। नेलकटर में लगी रेती से मुझे उनकी उँगली का नाख़ून घिसकर बराबर करना था। माँ यही चाहती थीं। वह नेलकटर पिताजी इलाहाबाद से लाये थे, कुम्भ के मेले से लौटने पर, दो साल पहले। नेलकटर में नीले काँच का एक सितार बना था।

माँ की उँगलियाँ बहुत पतली हो गयी थीं। उनमें रक्त नहीं

था। पीली–सी त्वचा। पतंगी काग़ज़ जैसी। पीली भी नहीं, ज़र्द। और बेहद ठण्डी। ऐसा ठण्डापन दूसरी बेजान चीज़ों में होता है। कुर्सियों, मेज़ों, किवाड़ों या साइकिल के हैंडिल जैसा ठण्डापन।

और हाथ उनका इतना हल्का कैसे हो गया था? कहाँ चला गया सारा वज़न? वह भार शायद जीवन का होता है, जिसे पृथ्वी अपने चुम्बक से अपनी ओर खींचा करती है। जो अब माँ के पास बहुत कम बचा था। पृथ्वी उन्हें खींचना छोड़ रही थी।

मैंने उनकी हथेली थाम रखी थी और नाख़ून को रेती से धीरे–धीरे घिस रहा था। मैं उनके नाख़ूनों को बहुत सुन्दर, ताज़ा और चिकना बना डालना चाहता था।

मैं एक बार हँसा। फिर मुस्कुराता ही रहा। माँ को ढाढस बँधाने और उन्हें खुश करने का यह मेरा तरीक़ा था। मैंने देखा, माँ को नाख़ून का हल्का–हल्का रेती से घिसा जाना बहुत अच्छा लग रहा है। उनके चेहरे पर एक सुख था, जो एक जगह नहीं, बल्कि पूरे शरीर की शान्ति में फैला हुआ था। उन्होंने आँखें मूँद रखी थीं।

एक घण्टा लगा। मैंने उनकी एक उँगली ही नहीं, सारी उँगलियों के नाख़ून ख़ूब अच्छे कर दिये। माँ ने अपनी उँगलियाँ देखीं। यह कितना कमज़ोर और हार का क्षण होता है, जब नाख़ून जीवन को विश्वास देते हैं। कितने सुन्दर और चिकने नाख़ून हो गये थे।

माँ ने मेरे बालों को छुआ। वे कुछ बोलना चाहती थीं, लेकिन मैंने रोक दिया।

वे बोलतीं तो पूछतीं कि मैं सिर से क्यों नहीं नहाता? बालों में साबुन क्यों नहीं लगाता? इतनी धूल क्यों है? और कँघी क्यों नहीं कर रखी है?

रात में ठण्ड थी। बाहर पानी ज़ोरों से गिर रहा था। सावन में रात की बारिश की अपनी एक गम्भीर आवाज़ होती है। कुछ–कुछ उस तरह, जैसे दुनिया की सारी हवाएँ किसी बड़े से घड़े के अन्दर घूमने लग गयी हों। हर तरफ़ से बन्द।

सुबह पाँच बजे आँगन में पाँच औरतें रो रही थीं। यह रोना नहीं था, विलाप था। पता चला माँ रात में नींद में ही ख़त्म हो गयीं।

माँ ख़त्म हो गयीं।

मैंने फिर कभी उनके घिसे हुए नाख़ून नहीं देखे। मैंने उस रात सोने से पहले अपने तकिये के नीचे वह नेलकटर रख दिया था। उसे मैंने बहुत खोजा, बल्कि आज तक। कई वर्षों बाद भी, लेकिन वह कभी नहीं मिला। वह पता नहीं कहाँ खो गया था।

हो सकता है वह किसी बहुत ही आसान–सी जगह पर रखा हुआ हो और सिर्फ़ मेरे भूल जाने के कारण वह मिल नहीं पा रहा हो। मैं अक्सर उसे खोजने लगता हूँ।

क्योंकि चीज़ें कभी खोती नहीं हैं, वे तो रहती ही हैं। अपने पूरे अस्तित्त्व और वज़न के साथ। सिर्फ़ हम उनकी वह जगह भूल जाते हैं।

डिबिया

डिबिया अभी तक मेरे पास है। कई वर्षों से मैंने उसे खोलकर भी नहीं देखा, लेकिन उसे खोलने का निर्णय पूरी तरह मुझ पर निर्भर करता है। समाज या कोई और, कोई दोस्त भी, मुझ पर यह दबाव नहीं डाल सकता कि मैं उसका ढक्कन सिर्फ़ इसलिए खोल दूँ कि इससे मेरी बातों के प्रति उसका विश्वास पैदा हो जायेगा। नहीं तो मैं कभी भी, जीवनभर, विश्वसनीयता नहीं हासिल कर सकूँगा।

यानी, अगर मुझे अपने अनुभव की सत्यता को प्रमाणित करना है तो मैं उन लोगों के सामने अपनी उस डिबिया का ढक्कन हटा दूँ, जो मुझ पर विश्वास नहीं करते। मेरे अनुभव जिन्हें अविश्वसनीय लगते हैं।

लेकिन समस्या यह है कि यह कैसे पता चले कि उन लोगों का विश्वास हासिल करना, मेरे लिए इस डिबिया को खोलने से जोख़िम और दाँव से ज़्यादा मूल्यवान है? यह भी तो हो सकता है कि उन सबको मेरी बात के प्रमाणित हो जाने पर सिर्फ़ मेरे एक इस अनुभव पर विश्वास हो जाये, लेकिन दूसरे बाक़ी अनुभवों को वे फिर भी अविश्सनीय मानते रहें।

ऐसे में तो अपनी बातों को उन तमाम लोगों के सामने प्रमाणित करते–करते ही मैं बूढ़ा हो जाऊँगा। मर भी जाऊँगा। और तब भी मेरे बहुत से अनुभव अप्रमाणित ही रहे आयेंगे। यानी अन्ततः मैं उन लोगों के लिए अविश्वसनीय ही बना रहूँगा।

फिर एक सबसे बड़ी समस्या तो यह है कि अपने दूसरे बाक़ी अनुभवों का प्रमाण देने के लिए मेरे पास दूसरी डिबियाँ भी नहीं हैं। मैं किस तरह से अपने जीवन की सत्यता को इतने सारे लोगों के लिए प्रमाणित करता रहूँ?

यही कारण है कि मैं उस डिब्बी का ढक्कन नहीं हटाता। अकेले में भी, दूसरों के सामने भी। क्योंकि सन्देह मुझे कभी–कभी अपने ऊपर भी होता है। इतने वर्षों बाद मैं भी तो, उस एक अनुभव के लिए, एक दूसरा आदमी बन चुका हूँ।

वह डिब्बी बचपन से मेरे पास है। उसकी कहानी बहुत छोटी–सी है, ऐसी भी नहीं कि वह अरुचिकर हो।

तो, था यह कि उस समय मेरी उम्र आठ साल की रही होगी। सातवें साल से दूधिया दाँत टूटने लगते हैं। लेकिन तब तक दाढ़ में वे दाँत नहीं उग पाते, जिनसे अक्ल पैदा होती है।

हमारा घर गाँव में है। पहले मिट्टी का घर था। छप्पर खपड़ैल की होती थी। अभी भी खपड़ैल की ही होती है। गाँव से लगा हुआ जंगल था। जंगल में लंगूर बहुत होते थे। बल्कि लंगूर शब्द मैंने काफ़ी बाद में सीखा, किताबों से। हम उन्हें काले मुँह का बन्दर कहते थे।

और कौए बहुत होते थे। हमारी दादी खाना खाने के बाद दोपहर आँगन में कौओं को बुलाती थीं, खाना देने के लिए, तो वे पूरे आँगन में भर जाते थे।

लंगूर और कौए, दोनों हमारे घर के छप्पर के दुश्मन थे। लंगूर छप्पर पर दौड़ते तो खपड़े फूट जाते। कौए भी जगह–जगह से खपड़ैलों को हटा देते थे।

जहाँ–जहाँ खपड़ैलें फूट गयी होती थीं, वहाँ बरसात का पानी घर के अन्दर टपकने लगता था। हम वहाँ ख़ाली बाल्टी रख देते थे।

लेकिन जब बारिश न होती तो उन छेदों से धूप कमरे के भीतर फ़र्श पर गिरती थी। फ़र्श पर धूप के वे गोल टुकड़े बहुत

रहस्यपूर्ण, आकर्षक और कुछ–कुछ जीवित लगते थे। वे टुकड़े सूर्य के साथ–साथ सरकते थे और उनका आकार भी बदलता जाता था। जिस टुकड़े को सुबह मैं किसी मछली के रूप में देख जाता था, दोपहर वह हाथी के रूप में होता या मुँह फाड़े हुए राक्षस की तरह। कभी–कभी किरणों का कोण या सूर्य की स्थिति बदलने से कोई टुकड़ा अदृश्य भी हो जाता। देखते–देखते वह छोटा होता जाता और फिर अन्तर्धान हो जाता। अगले दिन ठीक उसी समय पर प्रकट होने के लिए। कभी–कभी कमरे में कई ऐसे टुकड़े दिखने लगते। फिर धीरे–धीरे छोटे वाले टुकड़े सब ग़ायब हो जाते और जो सबसे बड़ा होता, वह सबसे देर तक टिकता।

इन टुकड़ों के साथ एक बात और भी थी। कमरे के अँधेरे में, जिस जगह वह गिरते, वहाँ अपने चमकदार अस्तित्व के चारों ओर, वृत्ताकार रोशनी का एक मद्धिम दायरा और बनाते थे। उस दायरे में आकाश का धुँधला प्रतिबिम्ब होता था। उल्टा आकाश और हल्के नीले रंग का। चिड़ियाँ कभी अगर ऊपर से जातीं तो कमरे के अन्दर उनकी उड़ती हुई परछाईं गुज़र जाती। रेंगते हुए बादल दिखते। कभी–कभी ये बादल उस टुकड़े को ही ढक लेते। तब ऐसे में कुछ भी न बचता। न प्रतिबिम्ब, न टुकड़ा।

वे टुकड़े मुझे बहुत जीवित और जादुई लगते थे। मैं उन्हें अपने साथ वहाँ से दूसरी किसी जगह ले जाने के फेर में रहता। इतना तो निश्चित था कि इनमें जीवन था और उनके साथ मैं सिर्फ़ किसी पराये दर्शक जैसा सम्बन्ध नहीं रखना चाहता था। मैं उनके साथ इस पूरे दिन भर के खेल में शामिल होना चाहता था।

मैं बहुत कोशिश करता, लेकिन वे अपनी जगह से कहीं नहीं जाते थे। जिस चीज़ को मैं उनके नीचे रखता, वे उसके ऊपर आ तो जाते, लेकिन उसे खींचते ही वे वहीं रह जाते। हथेली में वे रहते, लेकिन मुट्ठियाँ बाँधते ही वे उँगलियों के ऊपर आ जाते और मेरा हाथ ख़ाली ही लौट आता।

कई बार हारकर गुस्से में मैं उन्हें ज़ोरों से पीटता। लात मारता।

लोहे से ज़मीन खोद डालता, लेकिन वे बिल्कुल अप्रभावित रहते थे। मेरे प्रति उनकी यह तटस्थता मेरे बर्दाश्त के बाहर थी।

फिर उस दिन ऐसा हुआ। मैं अकेला था। यह रसोई थी। एक बड़ा–सा, सुन्दर–सा टुकड़ा वहाँ गिरा हुआ खेल रहा था। माँ खाना बनाकर कहीं चली गयी थीं। मैंने उस टुकड़े को ख़ूब प्यार करने की कोशिश की। उसे चूमा, फिर मैंने भात और दाल निकालकर उसे दिया।

रसोई में बेना रखा हुआ था। चूल्हे की आग को हवा करने के लिए उसी का इस्तेमाल होता है। मैंने बेने के ऊपर उस टुकड़े को रखा और उसे खींचा।

मैंने देख लिया कि वह बेने के साथ–साथ सरक रहा है। वह आ रहा था। यह मेरे जीवन की सबसे बड़ी सफलता थी। वह अब छप्पर से मुक्त हो चुका था। सूर्य से भी। मेरे साथ उसका सम्बन्ध बन चुका था और उसने अपने बाक़ी सारे सम्बन्ध तोड़ दिये थे। वह मेरा था। सिर्फ़ मेरा।

मैं उसे रसोईघर के दूसरे कोने तक ले गया। फिर मैंने उससे प्यार से कहा– 'मेरा इन्तज़ार करना, मैं अभी आया।' और मैं भागा। टिन की यह डिबिया, जिसमें पहले माँ का काजल था, उसे लेकर मैं लौटा। वह मेरा इन्तज़ार कर रहा था, बेने के ऊपर। धीरे–धीरे काँपता हुआ।

मैंने तभी से उसे इस डिबिया में बन्द कर रखा है। मैं उसे लेकर कहीं भी जा सकता हूँ। मैं जानता हूँ कि वह वहीं हैं, वह हमेशा वहीं हैं, वह हमेशा वहीं रहेगा। और यह बात सच है।

क्या इस डिबिया का ढक्कन हटाकर उसे खो देने का इतना बड़ा ख़तरा मैं सिर्फ़ इसलिए मोल लूँ कि इससे उन लोगों को मेरे इस अनुभव पर विश्वास हो जायेगा। वरना मैं उनका विश्वास कभी हासिल नहीं कर सकूँगा।

लेकिन जो नहीं है, उसके लिए, जो है, उसे दाँव पर लगाना क्या कोई समझदारी है!

अपराध

मेरे भाई मुझसे छह साल बड़े थे। आश्चर्य था कि पूरे गाँव में सभी लड़के मुझसे छह वर्ष बड़े थे। मैं इसीलिए सबसे छोटा था और अकेला था। सब खेलते तो मैं उनके पीछे लग जाता।

मेरे भाई बचपन से अपाहिज थे। उनके एक पैर को पोलिया हो गया था, लेकिन वे बहुत सुन्दर थे। देवताओं की तरह। वे आस–पास के कई गाँवों में सबसे अच्छे तैराक थे और उनको हाथ के पंजों की लड़ाई में कोई नहीं हरा सकता था। घूँसे से नारियल और ईंटें तोड़ देते थे।

जबकि मैं दुबला–पतला था। कमज़ोर और चिड़चिड़ा। मुझे अपने भाई से ईर्ष्या होती थी, क्योंकि उनके बहुत सारे दोस्त थे।

मैं सबसे छोटा था, इसलिए मैं भाई के लिए एक उत्तरदायित्व की तरह था। वे मुझसे प्यार करते थे और मेरे प्रति उनका रुख़ एक संरक्षक की ज़िम्मेदारी जैसा था।

सब खेलते और मैं छोटा होने के कारण अकेला पड़ जाता तो भाई आकर मेरी मदद करते। जोड़ी और पालीवाले कई खेलों में वे मुझे अपनी पाली में शामिल कर लेते थे। कोई दूसरा लड़का अपनी पाली में मुझे शामिल करके हार का ख़तरा नहीं उठाना चाहता था। अक्सर भाई मेरी वजह से ही हारते। फिर भी वे मुझसे कभी कुछ नहीं कहते थे। मैं उनकी ज़िम्मेदारी था और वे उसे निभाना चाहते थे। जहाँ तक मुझे याद है, उन्होंने कभी मुझे नहीं मारा।

जो कुछ मैं बताने जा रहा हूँ, उसका सम्बन्ध भाई और मुझसे ही है। यह बहुत महत्त्वपूर्ण घटना है। ऐसी घटना जो जीवन भर आपका साथ नहीं छोड़ती और अक्सर स्मृति में, बीच–बीच में, कहीं अचानक सुलगने लगती है। किसी अँगारे की तरह।

हुआ उस दिन यह कि मैं भाई के साथ खेलने गया। उस दिन बारिश हो चुकी थी और शाम की ऐसी धूप फैली हुई थी, जो शरीर में उल्लास भरा करती है। ऐसे में कोई भी खेल बहुत तेज़, गतिमय और सम्मोहक हो जाता है।

सभी लड़के खड़ब्बल खेल रहे थे। लकड़ी की छोटी–छोटी डण्डियाँ हर लड़के के पास थीं। पूरी ताक़त से खड़ब्बल को ज़मीन पर, आगे की ओर गति देते हुए, सीधे मारा जा रहा था। ताक़त और संवेग से नम धरती पर गिरा हुआ खड़ब्बल गुलाटियाँ खाते हुए बहुत दूर तक जाता था।

मुझमें न इतनी ताक़त थी, न मैं इतना बड़ा था कि खड़ब्बल उतनी दूर पहुँचाता, जबकि वहाँ एक होड़, एक प्रतिद्वन्द्विता शुरू हो चुकी थी। कोई भी हारना नहीं चाहता था। यह एक ऐसा खेल था जिसमें कोई पाली नहीं होती, कोई किसी का जोड़ीदार नहीं होता। हर कोई अपनी अकेली क्षमता से लड़ता है।

भाई भी उस खेल में डूब गये थे। वे कई बार पिछड़ रहे थे, इसलिए गुस्से और तनाव में और ज़्यादा ताक़त से खड़ब्बल फेंक रहे थे।

वे मुझे भुला चुके थे और मैं अकेला छूट गया था। छह वर्ष पीछे। कमज़ोर। उस दिन, उस खेल में शामिल होने के लिए मुझे छह वर्षों की दूरी पार करनी पड़ती, जो मैं नहीं कर सकता था।

भाई जीतने लगे थे। उनका चेहरा खुशी और उत्तेजना में दहक रहा था। उन्होंने एक बार भी मेरी ओर नहीं देखा। वे मुझे पूरी तरह भूल चुके थे।

मुझे पहली बार यह लगा कि मैं वहाँ कहीं नहीं हूँ।

मुझे रोना आ रहा था और भाई के प्रति मेरे भीतर एक

बहुत ज़बरदस्त प्रतिकार पैदा हो रहा था। मैं अपने खड़ब्बल को, अकेला अलग खड़ा हुआ एक पत्थर पर पटक रहा था। मैं ईर्ष्या, आत्महीनता, उपेक्षा और नगण्यता की आँच में झुलस रहा था।

तभी अचानक मेरा खड़ब्बल चट्टान से टकराकर उछला और सीधे मेरे माथे पर आकर लगा। माथा फूट गया और ख़ून बहने लगा। मैं चीख़ा तो भाई मेरी ओर दौड़े। खेल बीच में ही रुक गया था।

"क्या हुआ? क्या हुआ?" भाई घबरा गये थे और मेरे माथे को अपनी हथेली से दबा रहे थे। मेरा गुस्सा मिटा नहीं था। मैं भाई को अपनी उपेक्षा का दण्ड देना चाहता था।

मैंने भाई को झटक दिया और ख़ुद को छुड़ाकर घर की ओर भागा। भाई डर गये थे और दौड़कर मुझे मनाना चाहते थे। लेकिन उनका दायाँ पैर पोलियो का शिकार था, इसलिए वे मेरे साथ दौड़ नहीं सकते थे। उन्होंने लँगड़ाकर दौड़ने की कोशिश भी की, लेकिन वे गिर गये।

मेरी क़मीज़ ख़ून से भीग गयी थी। सिर के बाल ख़ून से लिथड़ गये थे। माँ मुझे देखकर डर गयीं और रोने लगीं। पिताजी घबराये हुए घाव पर पाउडर डालने लगे।

मैंने रोते हुए माँ को बताया कि मुझे भाई ने खड़ब्बल से मारा है।

तभी मैंने देखा कि भाई लँगड़ाते हुए चले आ रहे थे। अकेले। उनको आशंका हो गयी होगी। वे डरे हुए रहे होंगे।

भाई बार–बार कहते रहे कि मैंने इसे नहीं मारा, लेकिन पिताजी उन्हें पीटे जा रहे थे। भाई रो रहे थे। वे सच बोल रहे थे, लेकिन उन्हें सज़ा मिल रही थी।

मैंने भाई का चेहरा देखा। वे मेरी ओर देख रहे थे। उनकी आँखें लाल थीं और उनमें करुणा और कातरता थी, जैसे वे मुझसे याचना कर रहे हों कि मैं सच बोल दूँ, लेकिन तब तक देर हो चुकी थी। उन्हें सज़ा मिल चुकी थी। फिर इतनी जल्द बात को

बिल्कुल बदलना मुझे सम्भव भी नहीं लग रहा था। क्या पता, पिताजी फिर मुझे ही मारने लगते! मैं डर रहा था।

यह घटना वर्षों पुरानी है, लेकिन भाई की वे कातर आँखें अब भी मुझे कभी–कभी घूरती हैं। याचना करती हुई, सच बोलने की भीख माँगती हुई। मेरी स्मृति में जब भी वे आँखें जाग उठती हैं, मेरी पूरी चेतना ग्लानि, बेचैनी और अपराध–बोध से भर उठती है।

मैं अपने इस अपराध के लिए क्षमा माँगना चाहता हूँ। इस अपराध की सज़ा पाना चाहता हूँ। लेकिन अब तो माँ और पिताजी भी नहीं हैं, जिनको मैं यह बताऊँ कि उस दिन ठीक–ठीक क्या हुआ था।

भाई ही मुझे क्षमा कर सकते हैं, जिन्हें मेरे झूठ का दण्ड भोगना पड़ा। उनसे मैंने इस घटना का ज़िक्र भी करना चाहा, लेकिन उन्हें वह घटना याद ही नहीं। वे इसे बिल्कुल, पूरी तरह भूल चुके हैं।

तो इस अपराध के लिए मुझे क्षमा कौन कर सकता है? क्या यह ऐसा अपराध नहीं है जिसके बारे में जो निर्णय लिया गया था, वह ग़लत और अन्यायपूर्ण था, लेकिन जिसे अब बदला नहीं जा सकता?

और क्या यह ऐसा अपराध नहीं है, जिसे कभी भी क्षमा नहीं किया जा सकता? क्योंकि इससे मुक्ति अब असम्भव हो चुकी है।

[आत्मकथाएँ, शीर्षक से प्रकाश्य पुस्तक से तीन रचनाएँ]

तिरिछ

इस घटना का सम्बन्ध पिताजी से है। मेरे सपने से है और शहर से भी है। शहर के प्रति जो एक जन्म–जात भय होता है, उससे भी है।

पिताजी तब पचपन साल के हुए थे। दुबला शरीर। बाल बिल्कुल मक्के के भुए जैसे सफ़ेद। सिर पर जैसे रुई रखी हो। वे सोचते ज़्यादा थे–बोलते बहुत कम। जब बोलते तो हमें राहत मिलती, जैसे देर से रुकी हुई साँस निकल रही हो। साथ–साथ हमें डर भी लगता। हम बच्चों के लिए वे एक बहुत बड़ा रहस्य थे। हमें पता था कि संसार के सारे ज्ञान की तिजोरी उनके पास है। हम जानते थे कि संसार की सारी भाषाएँ वे बोल सकते हैं। दुनिया उनको जानती है और हमारी तरह ही उनसे डरती हुई उनका सम्मान करती है।

हमें उनकी सन्तान होने का गर्व था।

कभी–कभी, वैसे ऐसा सालों में एकाध बार ही होता, वे शाम को हमें अपने साथ टहलाने कहीं बाहर ले जाते। चलने से पहले वे मुँह में तम्बाकू भर लेते। तम्बाकू के कारण वे कुछ बोल नहीं पाते थे। वे चुप रहते। यह चुप्पी हमें बहुत गम्भीर, गौरवशाली, आश्चर्यजनक और भारी–भरकम लगती। छोटी बहन कभी उनसे रास्ते में कुछ पूछना चाहती तो फ़ौरन मैं उसका जवाब देने की कोशिश करता, जिससे पिताजी को न बोलना पड़े।

वैसे यह काम काफ़ी मुश्किल और जोख़िम भरा होता, क्योंकि

मैं जानता था कि अगर मेरा जवाब ग़लत हुआ तो पिताजी को बोलना पड़ जायेगा। बोलने में उन्हें परेशानी होती थी। एक तो उन्हें तम्बाकू की पीक निकालनी पड़ती थी, फिर जिस दुनिया में वे रहते थे, वहाँ से निकलकर यहाँ तक आने में उन्हें एक कठिन दूरी तय करनी पड़ती थी। वैसे बहन के सवालों में कोई ख़ास बात होती नहीं थी। जैसे वह यही पूछ लेती कि सामने छिउले की सूखी टहनी पर बैठी उस चिड़िया को क्या कहते हैं? मैं चूँकि सारी चिड़ियों को जानता था, इसलिए बता सकता था कि वह नीलकण्ठ है और दशहरे के दिन उसे ज़रूर देखना चाहिए। मेरी पूरी कोशिश रहती कि पिताजी को आराम रहे और वे सोचते रहें।

मेरी और माँ की, दोनों की पूरी कोशिश रहती कि पिताजी अपनी दुनिया में सुख–चैन से रहें। वहाँ से उन्हें जबरन बाहर न निकाला जाये। वह दुनिया हमारे लिए बहुत रहस्यपूर्ण थी, लेकिन हमारे घर की और हमारे जीवन की बहुत–सी समस्याओं का अन्त पिताजी वहीं रहते हुए करते थे। जैसे जब मेरी फ़ीस की बात आयी, उस समय हमारे पास का आख़िरी गिलास भी गुम गया था और सब लोग लोटे में पानी पीते थे। पिताजी दो दिन तक बिल्कुल चुप रहे। माँ को भी शक हुआ था कि पिताजी फ़ीस की बात बिल्कुल भूल गये हैं या फिर इसका हल उनके वश की बात नहीं। लेकिन तीसरे दिन, सुबह–सुबह पिताजी ने मुझे एक पत्र लिफ़ाफ़े में रखकर दिया और शहर के डॉक्टर पन्त के पास भेजा। मुझे बहुत आश्चर्य हुआ जब डॉक्टर ने मुझे शरबत पिलाया, घर के भीतर ले जाकर अपने बेटे से परिचय कराया और सौ–सौ के तीन नोट मुझे दिये।

हम पिताजी पर गर्व करते थे, प्यार करते थे, उनसे डरते थे और उनके होने का अहसास ऐसा था, जैसे हम किसी क़िले में रह रहे हों। ऐसा क़िला, जिसके चारों ओर गहरी नहरें ख़ुदी हुई हों, बुर्जें बहुत ऊँचे हों, दीवारें सख़्त लाल चट्टानों की बनी हुई हों और हर बाहरी हमले के सामने हमारा क़िला अभेद्य हो।

पिताजी एक ख़ूब मज़बूत क़िला थे। उनके परकोटे पर हम सब कुछ भूलकर खेलते थे, दौड़ते थे। और, रात में ख़ूब गहरी नींद मुझे आती थी।

लेकिन उस दिन शाम को, जब पिताजी बाहर से टहलकर आये तो उनके टखने में पट्टी बँधी थी। थोड़ी देर में गाँव के कई लोग वहाँ आ गये। पता चला कि पिताजी को जंगल में तिरिछ (विषखापर, एक ज़हरीला लिज़ार्ड) ने काट लिया है।

हम सब जानते थे कि तिरिछ के काटने पर आदमी बच ही नहीं सकता। रात में, लालटेन की धुँधली–मटैली रौशनी में गाँव के बहुत से लोग हमारे आँगन में जमा हो गये थे। पिताजी उनके बीच थे, ज़मीन पर बैठे हुए। फिर पास के गाँव का चुटुआ नाई भी आया। वह अरण्ड के पत्ते और कण्डे की राख से ज़हर उतारता था।

तिरिछ एक बार मैंने देखा था।

तालाब के किनारे जो बड़ी–बड़ी चट्टानों के ढेर थे, और जो दोपहर में ख़ूब गर्म हो जाते थे, उनमें से किसी चट्टान की दरार से निकलकर वह पानी पीने तालाब की ओर जा रहा था।

मेरे साथ थानू था। उसने बतलाया कि वह तिरिछ है, काले नाग से सौ गुना ज़्यादा उसमें ज़हर होता है। उसी ने बताया कि साँप तो तब काटता है, जब उसके ऊपर पैर पड़ जाये या कोई जब ज़बरदस्ती उसे तंग करे। लेकिन तिरिछ तो नज़र मिलते ही दौड़ता है। पीछे पड़ जाता है। उससे बचने के लिए कभी सीधे नहीं भागना चाहिए। ढेढ़ा–मेढ़ा चक्कर काटते हुए, गोल–मोल दौड़ना चाहिए।

दरअसल जब आदमी भागता है तो ज़मीन पर वह सिर्फ़ अपने पैरों के निशान नहीं छोड़ता, बल्कि हर निशान के साथ वहाँ की धूल में अपनी गन्ध भी छोड़ जाता है। तिरिछ इसी गन्ध के सहारे दौड़ता है। थानू ने बतलाया कि तिरिछ को चकमा देने के लिए आदमी को यह करना चाहिए कि पहले तो वह

बिल्कुल पास–पास क़दम रखकर, जल्दी–जल्दी कुछ दूर दौड़े, फिर चार–पाँच बार ख़ूब लम्बी–लम्बी छलाँग दे। तिरिछ सूँघता हुआ दौड़ता आयेगा। जहाँ पास–पास पैर के निशान होंगे, वहाँ उसकी रफ़्तार ख़ूब तेज़ हो जायेगी और जहाँ से आदमी ने छलाँग मारी होगी, वहाँ आकर वह उलझन में पड़ जायेगा। वह इधर–उधर तब तक भटकता रहेगा, जब तक उसे अगले पैर के निशान और उसमें बसी गन्ध नहीं मिल जाती।

हमें तिरिछ के बारे में दो बातें और पता थीं। एक तो यह कि जैसे ही वह आदमी को काटता है, वैसे ही वह वहाँ से भागकर किसी जगह पेशाब करता है और उस पेशाब में लोट जाता है। अगर तिरिछ ने ऐसा कर लिया तो आदमी बच नहीं सकता। अगर उसे बचना है तो तिरिछ के पेशाब में लोटने के पहले ही, ख़ुद किसी नदी, कुएँ या तालाब में डुबकी लगा लेनी चाहिए या फिर तिरिछ के ऐसा करने के पहले ही उसे मार देना चाहिए।

दूसरी बात यह कि तिरिछ काटने के लिए तभी दौड़ता है, जब उससे नज़र टकरा जाये। अगर तिरिछ को देखो तो उससे कभी आँख मत मिलाओ। आँख मिलते ही वह आदमी की गन्ध पहचान लेता है और फिर पीछे लग जाता है। फिर तो आदमी चाहे पूरी पृथ्वी का चक्कर लगा ले, तिरिछ पीछे–पीछे आता है।

मैं भी तमाम बच्चों की तरह उस समय तिरिछ से बहुत डरता था। मेरे दु:स्वप्न के सबसे ख़तरनाक पात्र दो ही थे–एक हाथी और दूसरा तिरिछ। हाथी तो फिर भी दौड़ता–दौड़ता थक जाता था और मैं पेड़ पर चढ़कर बच जाता था या फिर उड़ने लगता था, लेकिन तिरिछ–उसके सामने तो मैं किसी इन्द्रजाल में बँध जाता था। मैं सपने में कहीं जा रहा होता तो अचानक ही किसी जगह वह मिल जाता, उसकी जगह तय नहीं होती थी। कोई ज़रूरी नहीं था कि वह चट्टानों की दरार में, पुरानी इमारतों के पिछवाड़े या किसी झाड़ी के पास दिखे–वह मुझे बाज़ार में, सिनेमा हॉल में, किसी दुकान या मेरे कमरे में ही दिख सकता था।

मैं सपने में कोशिश करता था कि उससे नज़र न मिलने पाये, लेकिन वह इतनी परिचित आँखों से मुझे देखता कि मैं अपने–आपको रोक नहीं पाता था और बस, आँख मिलते ही उसकी नज़र बदल जाती थी वह दौड़ता था और मैं भागता था।

मैं गोल–गोल चक्कर लगाता, जल्दी–जल्दी पास–पास डग भरकर अचानक ख़ूब लम्बी–लम्बी छलाँगें लगाने लगता, उड़ने की कोशिश करता, किसी ऊँची जगह पर चढ़ जाता, लेकिन मेरी हज़ार कोशिशों के बावजूद वह चकमा नहीं खाता था। वह मुझे बहुत घाघ, समझदार, चतुर और ख़तरनाक लगता। मुझे लगता कि वह मुझे ख़ूब अच्छी तरह से जानता है। उसकी आँखों में मेरे लिए परिचय की जो चमक थी, उससे मुझे लगता कि वह मेरा ऐसा शत्रु है जिसे मेरे दिमाग़ में आने वाले हर विचार के बारे में पता है।

मेरा सबसे ख़ौफ़नाक, यातनादायक, भयाक्रान्त और बेचैनी से भरा यही सपना था। भागते–भागते मेरा पूरा शरीर थक जाता, फेफड़े फूल जाते, मैं पसीने में लथ–पथ होकर बेदम होने लगता और एक बहुत ही डरावनी, सुन्न कर डालने वाली मृत्यु मेरे बिल्कुल क़रीब आने लगती। मैं ज़ोरों से चीख़ता, रोने लगता। पिताजी को, थानू को या माँ को पुकारता और फिर मैं जान जाता कि यह सपना है। लेकिन यह पता चल जाने के बावजूद मैं अच्छी तरह से जानता कि तब भी मैं अपनी इस मृत्यु से नहीं बच सकता। मृत्यु नहीं–तिरिछ द्वारा अपनी हत्या से और ऐसे में मैं सपने में ही कोशिश करता कि किसी तरह मैं जाग जाऊँ। मैं पूरी ताक़त लगाता, सपने के भीतर आँखें खोलकर फाड़ता, रोशनी को देखने की कोशिश करता और ज़ोर से कुछ बोलता। कई बार बिल्कुल ऐन मौक़े पर मैं जागने में सफल भी हो जाता।

माँ बतलाती कि मुझे सपने में बोलने और चीख़ने की आदत है। कई बार उन्होंने मुझे नींद में रोते हुए भी देखा था। ऐसे में उन्हें मुझे जगा डालना चाहिए, लेकिन वे मेरे माथे को सहलाकर

मुझे रज़ाई से ढँक देती थीं और मैं उसी ख़ौफ़नाक दुनिया में अकेला छोड़ दिया जाता था। अपनी मृत्यु–बल्कि अपनी हत्या से बचने की कमज़ोर कोशिश में भागता, दौड़ता, चीख़ता।

वैसे धीरे–धीरे मैंने अनुभवों से यह जान लिया था कि आवाज़ ही ऐसे मौक़े पर मेरा सबसे बड़ा अस्त्र है, जिससे मैं तिरिछ से बच सकता था। लेकिन दुर्भाग्य से, हर बार इस अस्त्र की याद मुझे बिल्कुल अन्तिम समय पर आती थी। तब, जब वह मुझे बिल्कुल पा लेने वाला होता। अपनी हत्या की साँसें मुझे छूने लगतीं, मौत के नशे से भरे एक निर्जीव, लेकिन डरावने अँधेरे से मैं घिर जाता, लगता मेरे नीचे कोई ठोस आधार नहीं है–मैं हवा में हूँ और वह पल आ जाता, जब मेरे जीवन का अन्त होने वाला होता। तभी बिल्कुल इसी एक बहुत ही छोटे और नाज़ुक पल में मुझे अपने इस अस्त्र की याद आती और मैं ज़ोर–ज़ोर से बोलने लगता और इस आवाज़ के सहारे मैं सपने से बाहर निकल आता। मैं जाग जाता।

कई बार माँ मुझसे पूछतीं भी कि मुझे क्या हो गया था। तब मेरे पास इतनी भाषा नहीं थी कि मैं उन्हें सब कुछ, एक–एक चीज़ उसी तरह बता पाता। अपनी इस असमर्थता के बारे में मुझे ख़ूब पता था और इसी वजह से मैं एक अजीब से तनाव, बेचैनी और असहायता से भर जाता। अन्त में हारकर इतना ही कह पाता कि "बहुत डरावना सपना था।"

जाने क्यों मुझे शक था कि पिताजी को उसी तिरिछ ने काटा था, जिसे मैं पहचानता था और जो मेरे सपने में आता था।

लेकिन एक अच्छी बात यह हुई थी कि जैसे ही वह तिरिछ पिताजी को काटकर भागा, पिताजी ने उसका पीछा करके उसे मार डाला था। तय था कि अगर वे फ़ौरन उसे नहीं मार पाते तो वह पेशाब करके उसमें ज़रूर लोट जाता। फिर पिताजी किसी हाल में न बचते। यही वजह थी कि पिताजी को लेकर मुझे उतनी

चिन्ता नहीं रह गयी थी। बल्कि एक तरह की राहत और मुक्ति की ख़ुशी मेरे भीतर धीरे–धीरे पैदा हो रही थी। कारण, एक तो यही कि पिताजी ने तिरिछ को तुरन्त मार डाला था और दूसरा यह कि मेरा सबसे ख़तरनाक, पुराना परिचित शत्रु आख़िरकार मर चुका था। उसका वध हो गया था और अब मैं अपने सपने के भीतर, कहीं भी, बिना किसी डर के सीटी बजाता घूम सकता था।

उस रात देर तक हमारे आँगन में भीड़ रही। पिताजी की झाड़–फूँक चलती रही। काटे के ज़ख्म को चीरकर ख़ून भी बाहर निकाला गया और कुएँ में डालने वाली लाल दवा (पोटेशियम परमैंगनेट) ज़ख्म में भरी गयी। मैं निश्चिन्त था।

अगली सुबह पिताजी को शहर जाना था। अदालत में पेशी थी। उनके नाम सम्मन आया था। हमारे गाँव से लगभग दो किलोमीटर दूर से निकलने वाली सड़क से शहर के लिए बसें गुज़रती थीं। उनकी संख्या दिनभर में मुश्किल से दो या तीन थी। ग़नीमत थी कि पिताजी जैसे ही सड़क तक पहुँचे, शहर जाने वाला पास के गाँव का एक ट्रैक्टर उन्हें मिल गया। ट्रैक्टर में बैठे हुए लोग पहचान के थे। ट्रैक्टर दो–ढाई घण्टे में शहर पहुँच जाने वाला था यानी अदालत खुलने से काफ़ी पहले।

रास्ते में तिरिछ वाली बात चली। पिताजी ने अपना टखना उन लोगों को दिखलाया। ट्रैक्टर में पण्डित राम औतार भी थे। उन्होंने बतलाया कि तिरिछ के ज़हर की एक ख़ासियत यह भी है कि कभी–कभी यह चौबीस घण्टे बाद, ठीक उसी वक़्त, जिस वक़्त पिछले दिन तिरिछ काटता है, अपना असर दिखाता है। इसलिए अभी पिताजी को निश्चिन्त नहीं होना चाहिए। ट्रैक्टर के लोगों ने पिताजी का ध्यान एक और बड़ी ग़लती की ओर खींचा। उनका कहना था कि यह तो पिताजी ने बहुत ठीक किया कि तिरिछ को फ़ौरन मार डाला, लेकिन इसके बाद भी तिरिछ को यों ही नहीं छोड़ देना चाहिए था। उसे कम–से–कम जला ज़रूर देना चाहिए था।

उन लोगों का कहना था कि बहुत से कीड़े–मकोड़े और जीव–जन्तु रात में चन्द्रमा की रोशनी में दुबारा जी उठते हैं। चाँदनी में जो ओस और शीत होती है, उसमें अमृत होता है और कई बार ऐसा देखा गया है कि जिस साँप को मरा हुआ समझकर रात में यों ही फेंक दिया जाता है, उसका शरीर चाँद की शीत में भीगकर दुबारा जी उठता है और वह भाग जाता है। फिर वह हमेशा बदला लेने की ताक में रहता है।

ट्रैक्टर के लोगों को शक था कि कहीं ऐसा न हो कि रात में जी उठने के बाद तिरिछ पेशाब करके उसमें लोट जाये। ऐसा हुआ तो चौबीस घण्टे बीतते–बीतते, ठीक उसी घड़ी के आने पर, तिरिछ का जानलेवा ज़हर पिताजी पर चढ़ना शुरू हो जायेगा। उन लोगों ने सलाह भी दी कि पिताजी को वहीं से वापस लौट जाना चाहिए और अगर संयोग से उस तिरिछ की लाश उसी जगह पड़ी हुई हो, तो उसे अच्छी तरह जलाकर राख कर देना चाहिए। लेकिन पिताजी ने उन्हें बताया कि पेशी कितनी ज़रूरी थी। यह तीसरा सम्मन था और अगर इस बार भी वे अदालत में हाज़िर न हुए तो ग़ैर–ज़मानती वारंट निकलने का डर था। पेशी भी हमारे उसी मकान को लेकर थी, जिसमें हमारा परिवार रह रहा था। वकील को पिछले दो बार की पेशी में फ़ीस भी नहीं दी जा सकी थी और कहीं अगर उसने लापरवाही दिखला दी और जज सनक गया तो वह हमारी कुड़की–डिक्री भी करवा सकता था।

विचित्र स्थिति थी कि अगर पिताजी उस तिरिछ की लाश को जलाने के लिए ट्रैक्टर से उतरकर वहीं से गाँव लौट आते तो ग़ैर–ज़मानती वारंट के तहत वे गिरफ़्तार कर लिए जाते और हमारा घर हमसे छिन जाता। अदालत हमारे ख़िलाफ़ हो जाती।

लेकिन पण्डित राम औतार एक वैद्य भी थे। ज्योतिष पंचांग के अलावा उन्हें जड़ी–बूटियों की भी बड़ी गहरी जानकारी थी। उन्होंने सुझाया कि एक तरीक़ा ऐसा है, जिससे पिताजी पेशी में हाज़िर

भी हो सकते हैं और तिरिछ के ज़हर से चौबीस घण्टे के बाद बच भी सकते हैं। उन्होंने बताया कि चरक का निचोड़ इस सूत्र में है कि विष ही विष की औषधि होता है। अगर धतूरे के बीज कहीं मिल जायें तो वह तिरिछ के ज़हर की काट तैयार कर सकते हैं।

अगले गाँव सामतपुर में ट्रैक्टर रोक दिया गया और एक तेली के खेत में धतूरे के पौधे आख़िरकार खोज निकाले गये। धतूरे के बीजों को पीसकर उसे ताँबे के पुराने सिक्के के साथ उबालकर काढ़ा तैयार किया गया। काढ़ा बहुत कड़वा था, इसलिए उसे चाय में मिलाया गया और पिताजी को वह चाय पिला दी गयी। इसके बाद सभी निश्चिन्त हो गये। एक बहुत बड़े ख़तरे से पिताजी को निकालने की कोशिश हो रही थी।

वैसे मुझे तिरिछ के बारे में तीसरी बात भी पता थी, जो पिताजी के जाने के कई घण्टे बाद अचानक याद आ गयी थी। यह बात साँप की उस बात से मिलती–जुलती थी, जिसके फलस्वरूप आगे चलकर कैमरे का आविष्कार हुआ था।

यह माना जाता था कि अगर कोई आदमी साँप को मार रहा हो तो अपने मरने से पहले वह साँप, अन्तिम बार अपने हत्यारे के चेहरे को पूरी तरह से, बहुत ग़ौर से देखता है। आदमी उसकी हत्या कर रहा होता है और साँप टकटकी बाँधकर उस आदमी के चेहरे की एक–एक बारीक़ी को अपनी आँख के भीतरी पर्दे में दर्ज कर रहा होता है। साँप की मृत्यु के बाद साँप की आँख के भीतरी पर्दे पर उस आदमी का चित्र स्पष्ट दर्ज हो जाता है।

बाद में, आदमी के जाने के बाद उस साँप का दूसरा जोड़ा जाकर उस मरे हुए साँप की आँख के भीतर झाँकता है और इस तरह वह हत्यारा पहचान लिया जाता है। सारे साँप उसे पहचानने लगते हैं। फिर वह कहीं भी चला जाये, उससे बदला लेने की फ़िराक़ में वे रहते हैं। हर साँप उसका शत्रु होता है।

मुझे शक था कि मरे हुए तिरिछ की आँख के भीतरी पर्दे पर पिताजी का चेहरा दर्ज होगा। कोई दूसरा तिरिछ आकर

उस लाश की आँख में से झाँकेगा और पिताजी वहाँ पहचान लिए जायेंगे। मेरे भीतर इस बात को लेकर बेचैनी पैदा हुई कि पिताजी ने यह सतर्कता क्यों नहीं बरती? उन्हें तिरिछ को मारने के साथ ही किसी पत्थर से उसकी दोनों आँखों को कुचलकर फोड़ देना चाहिए था, लेकिन अब क्या हो सकता था? पिताजी शहर जा चुके थे और मेरे सामने उलझन और चुनौती थी कि गाँव के पास फैले इतने बड़े जंगल में जिस जगह तिरिछ को मारकर उन्होंने छोड़ा था, वह जगह मैं खोज निकालूँ।

मैं थानू के साथ बोतल में मिट्टी का तेल, दियासलाई और डण्डा लेकर जंगल में तिरिछ की खोज में भटकता रहा। मैं उसे अच्छी तरह से पहचानता था। बहुत अच्छी तरह। थानू निराश था।

फिर मुझे अचानक ही लगने लगा कि इस जंगल को मैं अच्छी तरह से जानता हूँ। एक–एक पेड़ मेरा परिचित निकलने लगा। इसी जगह से कई बार सपने में मैं तिरिछ से बचने के लिए भागा था। मैंने ग़ौर से हर तरफ़ देखा–बिल्कुल यही वह जगह थी। मैंने थानू को बताया कि एक सँकरा–सा नाला इस जगह से कितनी दूर दक्षिण की तरफ़ बहता है। नाले के ऊपर जहाँ बड़ी–बड़ी चट्टानें हैं, वहाँ कीकर का एक बहुत पुराना पेड़ है, जिस पर बड़े–बड़े शहद के छत्ते हैं। उन्हें देखकर लगता है कि वे कई शताब्दियों पुराने हैं। मैं उस भूरे रंग की चट्टान को जानता था, जो बरसात भर नाले के पानी में आधी डूबी रहती थी और बारिश के बीतने के बाद जब बाहर निकलती थी तो उसकी खोहों में कीचड़ भर जाती थी और अज़ीब–अजीब वनस्पतियाँ वहाँ से उग आती थीं। चट्टान के ऊपर हरी काई की एक पर्त–सी जम जाती थी। इसी चट्टान की सबसे ऊपर वाली दरार में तिरिछ रहता था। थानू इस बात को मेरी कल्पना मान रहा था।

लेकिन बहुत जल्द हमें यह नाला मिल गया। कीकर का वह बूढ़ा पेड़ भी, जिस पर शहद के छत्ते थे और वह चट्टान भी। तिरिछ की लाश चट्टान से ज़रा हटकर, ज़मीन पर, घास के

ऊपर चित पड़ी हुई थी। बिल्कुल यह वही तिरिछ था। मेरे भीतर हिंसा और उत्तेजना और ख़ुशी की एक सनसनी दौड़ रही थी।

थानू ने और मैंने सूखे पत्ते और लकड़ियाँ इकट्ठी कीं, ख़ूब सारा मिट्टी का तेल उसमें डाला और आग लगा दी। तिरिछ उसमें जल रहा था। उसके जलने की चिरायन्ध गन्ध हवा में फैल रही थी। मेरा मन और ज़ोर से चिल्लाने को हुआ, लेकिन मैं डरा कि कहीं मैं जाग न जाऊँ और यह सब कुछ सपना न साबित हो जाये। मैंने थानू की ओर देखा। वह रो रहा था। वह मेरा बहुत अच्छा दोस्त था।

मेरे सपने में इसी जगह से निकलकर उस तिरिछ ने कई बार मेरा पीछा करना शुरू किया था। आश्चर्य था कि इतने लम्बे अर्से से उसके अड्डे को इतनी अच्छी तरह से जानने के बावजूद कभी दिन में आकर मैंने उसे मारने की कोशिश नहीं की थी।

मैं आज बेतहाशा ख़ुश था।

पण्डित राम औतार ने बतलाया था कि ट्रैक्टर ने पौने दस बजे के लगभग शहर का चुंगीनाका पार किया था। वहाँ उन्हें नाके का टोल टैक्स चुकाने के लिए कुछ देर रुकना भी पड़ा था। वहाँ पर पिताजी ट्रैक्टर से उतरकर पेशाब करने गये थे। लौटने पर उन्होंने बताया था कि उनका सिर कुछ घूम–सा रहा है, तब तक पिताजी को धतूरे का काढ़ा पिये हुए तक़रीबन डेढ़ घण्टा हो चुका था। ट्रैक्टर ने पिताजी को शहर में दस बजकर पाँच–सात मिनट के आसपास छोड़ दिया था। ट्रैक्टर में ही बैठे पलड़ा गाँव के मास्टर नन्दलाल का कहना था कि जब शहर में, मिनर्वा टॉकीज़ के पास वाले चौराहे पर पिताजी को ट्रैक्टर से उतारा गया, तब उन्होंने शिकायत की थी कि उनका गला कुछ सूख–सा रहा है। वे थोड़ा परेशान भी थे, क्योंकि अदालत जाने का रास्ता उन्हें मालूम नहीं था और शहर के लोगों से पूछ–पूछकर कहीं जाने में उन्हें बहुत तकलीफ़ होती थी।

पिताजी के साथ एक दिक़्क़त यह भी थी कि गाँव या जंगल की पगडण्डियाँ तो उन्हें याद रहती थीं, शहर की सड़कों को वे भूल जाते थे। शहर वे बहुत कम जाते थे। जाना ही पड़े तो अन्तिम समय तक वे टालते रहते थे, तब तक, जब तक जाना बिल्कुल ही ज़रूरी न हो जाये। कई बार तो ऐसा भी हुआ कि पिताजी सारा सामान लेकर शहर के लिए रवाना हुए और बस अड्डे से लौट आये। बहाना यह कि बस छूट गयी। जबकि हम सब जानते थे, ऐसा नहीं हुआ होगा। पिता जी ने बस को देखा होगा, फिर वे कहीं बैठ गये होंगे—पेशाब करने या पान खाने। फिर उन्होंने देखा होगा कि बस छूट रही है। उन्होंने ज़रा–सा और इन्तज़ार किया होगा। जब बस ने रफ़्तार पकड़ ली होगी, तब वे कुछ दूर तक दौड़े होंगे। फिर उनके क़दम धीमे पड़ गये होंगे और अफ़सोस और गुस्सा प्रकट करते वे लौट आये होंगे। ऐसा करते हुए उन्हें स्वयं भी लगा होगा कि बस सचमुच छूट गयी है। ऐसे में जबकि हम मान चुके होते कि वे शहर जा चुके हैं, वे लौटकर हमें चकित कर देते।

ट्रैक्टर से मिनर्वा टॉकीज़ के पास वाले चौराहे पर, सिन्ध वाच कम्पनी के ठीक सामने लगभग दस बजकर सात मिनट पर उतरने के बाद से लेकर शाम छह बजे तक पिताजी के साथ शहर में जो कुछ भी हुआ, उसका सिर्फ़ एक धुँधला–सा अनुमान ही लगाया जा सकता है। यह जानकारी भी कुछ लोगों से बातचीत और पूछताछ के बाद मिली है। किसी की भी मृत्यु के बाद, अगर वह मृत्यु बहुत आकस्मिक और अस्वाभाविक ढंग से हुई हो, ऐसी जानकारियाँ मिल ही जाती हैं। उस दिन, बुधवार 17 मई, 1972 को सुबह दस से लेकर शाम छह बजे तक, लगभग पौने आठ घण्टे पिताजी कहाँ–कहाँ गये, कहाँ–कहाँ उनके साथ क्या–क्या हुआ, इसका बहुत सही और विस्तृत ब्यौरा तो मिलना मुश्किल है। जो सूचनाएँ या जानकारियाँ बाद में मिलीं, उनके ज़रिये उन घटनाओं का सिर्फ़ अनुमान ही लगाया जा सकता है।

जैसा कि पलड़ा गाँव के मास्टर नन्दलाल का कहना था कि जब पिताजी ट्रैक्टर से उतरे, तभी उन्होंने गला सूखने की शिकायत की थी। इसके पहले चुंगीनाका के पास, जब पिताजी पेशाब करके लौटे थे तो उन्होंने सिर घूमने की बात की थी। यानी पिताजी पर धतूरे के बीजों के काढ़े का असर होना शुरू हो गया था। वैसे भी शहर पहुँचने तक पिताजी को काढ़ा पिये हुए लगभग दो घण्टे हो चुके थे। मेरा अनुमान है कि उस समय पिताजी को प्यास बहुत लगी होगी। गला भिगाने के लिए वे किसी होटल या ढाबे की तरफ़ गये भी होंगे, लेकिन जैसा कि मुझे उनके स्वभाव के बारे में पता है, वे वहाँ कुछ देर खड़े रहे होंगे और फिर एक गिलास पानी माँगने का फ़ैसला न कर सके होंगे। एक बार उन्होंने बताया भी था कि कुछ साल पहले गर्मियों के दिनों में जब उन्होंने किसी होटल में पानी माँगा था, तो वहाँ काम करने वाले नौकर ने उन्हें गाली दी थी। पिताजी बहुत संवेदनशील थे, इसलिए उन्होंने अपनी प्यास को दबाया होगा और वे वहाँ से चल पड़े होंगे।

सवा दस से लेकर लगभग ग्यारह बजे के बीच, पैंतालीस मिनट तक पिताजी कहाँ–कहाँ गये, इसकी कोई जानकारी कहीं से नहीं मिलती। इस बीच ऐसी कोई ख़ास घटना भी नहीं हुई, जिससे कोई कुछ कह सके। फिर शहर में सड़क पर आते–जाते लोगों में से किसी ने उन पर ध्यान दिया हो, उन्हें देखा हो, इसका पता लगाना भी मुश्किल है। वैसे मेरा अपना अन्दाज़ा है कि इस बीच पिताजी ने कुछ लोगों से अदालत जाने का रास्ता पूछा होगा और उनके दिमाग़ में यह बात भी रही होगी कि वहाँ पहुँचकर वे अपने वकील एस.एन. अग्रवाल से पानी माँग लेंगे। लेकिन उनके पूछने पर या तो लोग चुप रहकर तेज़ी से आगे बढ़ गये होंगे या किसी ने इतनी बौखलाहट और जल्दबाज़ी में उन्हें कुछ बताया होगा, जो पिताजी ठीक से समझ नहीं सके होंगे और सिर्फ़ अपमानित, दुःखी और परेशान होकर रह गये होंगे। शहर में ऐसा होता ही है।

वैसे बीच के पौने घण्टे के बारे में मेरा अपना अनुमान है कि इस बीच पिताजी पर काढ़े का असर काफ़ी बढ़ गया होगा। मई की धूप और प्यास ने इस असर को और भी तेज़, और भी गहरा कर दिया होगा। उनके पैर लड़खड़ाने भी लगे होंगे और बहुत सम्भव है कि एकाध बार इस बीच उन्हें चक्कर भी आ गये हों।

पिताजी ग्यारह बजे, शहर में देशबन्धु मार्ग पर स्थित स्टेट बैंक ऑफ़ इंडिया की इमारत में घुसे थे। वे वहाँ क्यों गये, इसकी वजह ठीक–ठीक समझ में नहीं आती। वैसे हमारे गाँव का रमेश दत्त शहर में भूमि विकास सहकारी बैंक में क्लर्क है। हो सकता है पिताजी के दिमाग़ में सिर्फ़ बैंक रहा हो और वहाँ से गुज़रते हुए अचानक उन्होंने स्टेट बैंक लिखा हुआ देखा हो और वे उधर घूम गये हों। उन्होंने अब तक पानी नहीं पिया था, इसलिए उन्होंने सोचा होगा कि वे रमेश दत्त से पानी भी माँग लेंगे, अदालत जाने का रास्ता भी पूछ लेंगे और बता सकेंगे कि उनका सिर घूम–सा रहा है, यह भी कि कल शाम उन्हें तिरिछ ने काटा था। स्टेट बैंक के कैशियर अग्निहोत्री के अनुसार वह उस समय कैश रजिस्ट्री चेक कर रहा था। उसकी मेज़ पर लगभग अट्ठाइस हज़ार रुपयों की गड्डियाँ रखी हुई थीं। उस वक़्त ग्यारह से दो–तीन मिनट ऊपर हुए होंगे, तभी पिताजी वहाँ आये। उनके चेहरे पर धूल लगी हुई थी, चेहरा डरावना था और अचानक ही उन्होंने ज़ोर से कुछ कहा था। अग्निहोत्री का कहना था कि मैं अचानक डर गया। अमूमन ऐसे लोग बैंक के इतने भीतर, कैशियर की टेबिल तक नहीं पहुँच पाते। अग्निहोत्री का कहना यह भी था कि अगर वह पिताजी को एकाध मिनट पहले से अपनी ओर आता हुआ देख लेता, तब शायद न डरता। लेकिन हुआ यह कि वह पूरी तरह से कैश रजिस्टर के हिसाब–किताब में डूबा हुआ था, तभी अचानक ही पिताजी ने आवाज़ निकाली और सिर उठाते ही उन्हें देखकर वह डर गया और चीख़ पड़ा। उसने घण्टी भी बजा दी।

बैंक के चपरासियों, दो चौकीदारों और दूसरे कर्मचारियों के अनुसार अचानक ही कैशियर की चीख़ और घण्टी की आवाज़ से वे सब लोग चौंक गये और उस तरफ़ दौड़े, तब तक नेपाली चौकीदार थापा ने पिताजी को दबोच लिया था और मारता हुआ कॉमन रूम की तरफ़ ले जा रहा था। एक चपरासी रामकिशोर, जिसकी उम्र पैंतालीस के आसपास थी, ने कहा कि उसने समझा कि कोई शराबी दफ़्तर में घुस आया है या पागल है और चूँकि उसकी ड्यूटी बैंक के मुख्य दरवाज़े पर थी, इसलिए ब्रांच मैनेजर उसे चार्जशीट कर सकता था। लेकिन हुआ यह कि जब पिताजी को मारा जा रहा था, तभी उन्होंने अंग्रेज़ी में कुछ बोलना शुरू कर दिया। इसी वजह से चपरासियों का शक बढ़ गया। इसी बीच शायद असिस्टेंट ब्रांच मैनेजर मेहता ने यह कह दिया कि इस आदमी की अच्छी तरह से तलाशी ले लेना, तभी बाहर निकलने देना। वैसे चपरासी रामकिशोर का कहना था कि पिताजी का चेहरा अजीब तरह से डरावना हो गया था। उस पर धूल जमा हो गयी थी और उल्टी की बास आ रही थी। बैंक के चपरासियों ने पिताजी को ज़्यादा मारने–पीटने की बात से इनकार किया, लेकिन बैंक के बाहर, ठीक दरवाज़े के पास जो पान की दुकान है, उसमें बैठने वाले बुन्नू का कहना था कि जब साढ़े ग्यारह बजे के आस–पास पिताजी बैंक से बाहर आये तो उनके कपड़े फटे हुए थे और निचला होंठ कट गया था, जहाँ से ख़ून निकल रहा था। आँखों के नीचे सूजन और कत्थई चकत्ते थे। ऐसे चकत्ते बाद में बैंगनी या नीले पड़ जाते हैं।

इसके बाद यानी साढ़े ग्यारह बजे से लेकर एक बजे के बीच पिताजी कहाँ–कहाँ गये, इसके बारे में कोई जानकारी नहीं मिलती। हाँ, स्टेट बैंक के बाहर पान की दुकान लगाने वाले बुन्नू ने एक बात बताई थी, हालाँकि इस बारे में वह पूरी तरह स्पष्ट नहीं था, या हो सकता है कि स्टेट बैंक के कर्मचारियों से डर की वजह से वह साफ़–साफ़ बतलाने से कतरा रहा हो।

बुन्नू ने बतलाया था कि स्टेट बैंक से बाहर निकलने पर शायद (वह 'शायद' पर बहुत ज़ोर डाल रहा था) पिताजी ने कहा था कि उनके रुपये और कागज़ात बैंक के चपरासियों ने छीन लिए हैं। लेकिन बुन्नू का कहना था कि हो सकता है पिताजी ने कोई और बात कही हो, क्योंकि वे ठीक से बोल नहीं पा रहे थे, उनका निचला होंठ काफ़ी कट गया था, मुँह से लार भी बह रही थी और उनका दिमाग़ सही नहीं था।

मेरा अपना अन्दाज़ा है कि इस समय तक पिताजी पर काढ़े का असर बहुत ज़्यादा हो चुका था। हालाँकि पण्डित राम औतार इस बात से इनकार करते हैं। उनका कहना था कि धतूरे के बीज तो होली के दिनों में भाँग के साथ भी घोटे जाते हैं, लेकिन कभी ऐसा नहीं होता कि आदमी पूरी तरह से पागल हो जाये। पण्डित राम औतार का मानना है कि या तो तिरिछ का ज़हर उस समय पिताजी के शरीर में चढ़ना शुरू हो गया था और उसका नशा उनके दिमाग़ तक पहुँचने लगा था या फिर बहुत सम्भव है कि जब स्टेट बैंक में पिताजी को थापा चौकीदार और चपरासियों ने मारा–पीटा था, तब उनके सिर के पीछे की तरफ़ कोई चोट लग गयी हो और उस धक्के से उनका दिमाग़ सनक गया हो। लेकिन मुझे लगता है कि उस समय तक पिताजी को थोड़ा–बहुत होश था और वे पूरी कोशिश कर रहे थे कि किसी तरह वे शहर से बाहर निकल जायें। शायद रुपये और अदालत के कागज़ात बैंक में छिन जाने की वजह से उन्होंने सोचा हो कि अब यहाँ रहने का कोई मतलब भी नहीं है। उन्होंने शायद एकाध बार सोचा भी होगा कि वापस स्टेट बैंक जाकर अपने कागज़ात तो कम–से–कम माँग लायें। फिर ऐसा करने की उनकी हिम्मत नहीं पड़ी होगी। वे डर गये होंगे। उन्हें उनके जीवन में पहली बार इस तरह से मारा गया था, इसलिए वे ठीक से सोच पाने में सफल नहीं हो पा रहे होंगे। उनका शरीर बहुत दुबला था और बचपन से ही उन्हें एपेंडिसाइटिस की शिकायत

थी। यह भी हो सकता है कि उस वक़्त तक उन पर काढ़े का असर इतना ज़्यादा हो गया हो कि वे एक चीज़ पर देर तक सोच ही नहीं पा रहे हों और दिमाग़ में हर पल पैदा होने वाले, छोटे–छोटे बुलबुलों जैसे विचारों या नये–नये झटकों के वश में आकर इधर–से–उधर चल पड़ते रहे हों। लेकिन मैं यह जानता हूँ, मूझे अच्छी तरह से महसूस होता है कि उनके दिमाग़ में घर लौट आने और शहर से बाहर निकल जाने की बात–एक स्थायी, बार–बार कहीं अँधेरे से उभरने वाली, भले ही बहुत क्षीण और बहुत धुँधली बात–ज़रूर रही होगी।

पिताजी लगभग सवा बजे शहर के पुलिस थाना पहुँचे थे। थाना शहर के बाहरी छोर पर सर्किट हाउस के पास बने विजय स्तम्भ के पास है। आश्चर्य यह है कि थाने से बमुश्किल एक किलोमीटर दूर अदालत भी है। अगर पिताजी चाहते तो यहाँ से पैदल ही दस मिनट में अदालत पहुँच सकते थे। समझ में यह नहीं आता कि पिताजी अगर यहाँ तक पहुँचे थे, क्या तब तक उनके दिमाग़ में अदालत जाने की बात रह भी गयी थी? उनके काग़ज़ात तो रह नहीं गये थे।

थाने के एस.एच.ओ. राघवेन्द्र प्रताप सिंह का कहना कि उस वक़्त एक बजकर पन्द्रह मिनट हुए थे। वे घर से लाये गये टिफ़िन को खोलकर लंच लेने की तैयारी कर रहे थे। आज टिफ़िन में पराँठों के साथ करेले रखे हुए थे। करेले वे खा नहीं पाते और इसी उलझन में थे कि अब क्या करें। तभी पिताजी वहाँ आये थे। उनके शरीर पर क़मीज़ नहीं थी, पैंट फटी हुई थी। लगता था कि वे कहीं गिरे होंगे या किसी वाहन ने उन्हें टक्कर मारी होगी। थाने में उस वक़्त एक ही सिपाही गजाधर प्रसाद शर्मा मौजूद था। सिपाही का कहना था कि उसने सोचा कि शायद कोई भिखमँगा थाने में घुस आया है। उसने आवाज़ भी दी, लेकिन पिताजी तब तक एस.एच.ओ. राघवेन्द्र प्रताप सिंह की टेबिल तक पहुँच चुके थे। एस.एच.ओ. ने कहा कि करेलों की वजह से

वैसे भी उनका मूड ऑफ़ था। तेरह साल के विवाहित जीवन के बावजूद पत्नी यह नहीं जान पायी थी कि उन्हें कौन–सी चीज़ें बिल्कुल नापसन्द हैं, इतनी नापसन्द कि वे उन चीज़ों से घृणा करते हैं। उन्होंने जैसे ही निवाला मुँह में रखा, पिताजी बिल्कुल उनके क़रीब पहुँच गये। पिताजी के चेहरे और कन्धों के नीचे उल्टी लगी हुई थी और उसकी बहुत तेज़ गन्ध उठ रही थी। एस.एच.ओ. ने पूछा कि क्या बात है। तो जवाब में पिताजी ने जो कुछ कहा उसे समझना बहुत मुश्किल था। एस.एच.ओ. राघवेन्द्र सिंह बाद में पछता रहे थे कि अगर उन्हें मालूम होता कि यह आदमी बकेली ग्राम का प्रधान और भूतपूर्व अध्यापक है तो वे उसे थाने में ही कम–से–कम दो–चार घण्टे बिठा लेते। बाहर न जाने देते। लेकिन उस समय उन्हें लगा कि यह कोई पागल है और उन्हें खाते हुए देखकर यहाँ तक घुस आया है, इसीलिए उन्होंने सिपाही गजाधर शर्मा को गुस्से में आवाज़ दी। सिपाही पिताजी को घसीटता हुआ बाहर ले गया। गजाधर शर्मा का कहना था कि उसने पिताजी के साथ कोई मार–पीट नहीं की और उसने देखा था कि जब वे थाने आये थे, तब उनका निचला होंठ कटा था। ठुड्डी पर कहीं रगड़ा खाकर गिरने से खरोंच के निशान थे और कुहनियाँ छिली हुई थीं। वे कहीं न कहीं गिरे ज़रूर थे।

यह कोई नहीं जानता कि थाने से निकलकर लगभग डेढ़ घण्टे पिताजी कहाँ–कहाँ भटकते रहे। सुबह दस बजकर सात मिनट पर जब वे शहर आये थे और मिनर्वा टॉकीज़ के पास वाले चौराहे पर ट्रैक्टर से उतरे थे, तब से लेकर अब तक उन्होंने कहीं पानी पिया था या नहीं, इसे जानना मुश्किल है। इसकी सम्भावना भी कम ही बनती है। हो सकता है तब तक उनका दिमाग़ इस क़ाबिल न रह गया हो कि वे प्यास को भी याद रख सकें। लेकिन अगर वे पुलिस थाने तक पहुँचे तो उनके मस्तिष्क में, नशे के बावजूद, कहीं बहुत कमज़ोर–सा, अँधेरे में डूबा यह ख़याल रहा होगा कि वे किसी तरह अपने गाँव जाने का रास्ता

वहाँ पूछ लें या उस ट्रैक्टर का पता पूछें या फिर अपने रुपये और अदालती काग़ज़ात छिन जाने की रिपोर्ट वहाँ लिखा दें। यह सोचने के क़रीब पहुँचना ही बुरी तरह से बेचैन कर डालने वाला है कि उस समय पिताजी सिर्फ़ तिरिछ के ज़हर और धतूरे के नशे के ख़िलाफ़ ही नहीं लड़ रहे थे, बल्कि हमारे मकान को बचाने की चिन्ता भी कहीं–न–कहीं उनके नशे की नींद में से बार–बार सिर उठा रही थी। शायद उन्हें अब तक यह लगने लगा हो कि यह सब कुछ जो हो रहा है, सिर्फ़ एक सपना है, पिताजी इससे जागने और बाहर निकलने की कोशिश भी करते रहे होंगे।

सवा दो बजे के आस–पास पिताजी को शहर के बिल्कुल उत्तरी छोर पर बसी सबसे सम्पन्न कॉलोनी–इतवारी कॉलोनी में घिसटते हुए देखा गया था। यह कॉलोनी सर्राफ़ा के जौहरियों, पी.डब्ल्यू.डी. के बड़े ठेकेदारों और रिटायर्ड अफ़सरों की कॉलोनी थी। कुछ समृद्ध पत्रकार–कवि भी वहीं रहते थे। यह कॉलोनी हमेशा शान्त और घटनाहीन रहती थी। जिन लोगों ने यहाँ पिताजी को देखा था, उन्होंने बताया कि उस वक़्त तक उनके शरीर में सिर्फ़ एक पट्टेदार जाँघिया बचा था, जिसका नाड़ा शायद टूट गया था और वे उसे अपने बायें हाथ से बार–बार सँभाल रहे थे। जिसने भी उन्हें वहाँ देखा, उसने यही समझा कि कोई पागल है। कुछ ने कहा कि वे बीच–बीच में खड़े होकर ज़ोर–ज़ोर से गालियाँ बकने लगते थे। बाद में, उसी कॉलोनी में रहने वाले एक रिटायर्ड तहसीलदार सोनी साहब और शहर के सबसे बड़े अख़बार के विशेष संवाददाता और कवि सत्येन्द्र थपलियाल ने बताया कि उन्होंने पिताजी के बोलने को ठीक से सुना था और दरअसल वे गालियाँ नहीं बक रहे थे, बल्कि बार–बार कह रहे थे–"मैं रामस्वारथ प्रसाद, एक्स स्कूल हेड मास्टर...एंड विलेज हेड ऑफ़...ग्राम बकेली...।" कवि, पत्रकार थपलियाल साहब ने दुःख ज़ाहिर किया। दरअसल उसी समय वे अमेरिकी दूतावास

की किसी ख़ास पार्टी में संगीत सुनने दिल्ली जा रहे थे, इसलिए जल्दबाज़ी में वे चले गये। हाँ; तहसीलदार सोनी साहब का कहना था कि "मुझे उस आदमी पर बहुत तरस आया और मैंने लड़कों को डाँटा भी। लेकिन दो–तीन लड़कों ने कहा कि यह आदमी रामरतन सर्राफ़ की बीवी और साली पर हमला करने वाला था।" तहसीलदार ने कहा कि ऐसा सुनने के बाद उन्हें भी लगा कि हो सकता है यह कोई बदमाश हो और नाटक कर रहा हो। लड़के उन्हें तंग करने में लगे थे और पिताजी बीच–बीच में ज़ोर–ज़ोर से बोलते थे, 'मैं रामस्वारथ प्रसाद...एक्स स्कूल हेडमास्टर...'

अगर हिसाब लगाया जाये तो मिनर्वा टॉकीज़ के पास वाला चौराहा, जहाँ पिताजी ट्रैक्टर से सुबह दस बजकर सात मिनट पर उतरे थे, वहाँ से लेकर देशबन्धु मार्ग का स्टेट बैंक, फिर विजय स्तम्भ के पास का थाना और शहर के बाहरी उत्तरी छोर पर बसी इतवारी कॉलोनी को मिलाकर वे अब तक लगभग तीस–बत्तीस किलोमीटर की दूरी तक भटक चुके थे। ये जगहें ऐसी हैं, जो एक ही दिशा में नहीं हैं। इसका मतलब यह हुआ कि पिताजी की दिमाग़ी हालत यह थी कि उन्हें ठीक–ठीक कुछ सूझ नहीं रहा था और वे अचानक ही किसी भी तरफ़ चल पड़ते थे। जहाँ तक सर्राफ़ की पत्नी और साली पर उनके हमला करने की बात है, जिसे थपलियाल साहब सच मानते हैं, मेरा अपना अनुमान है कि पिताजी उनके पास या तो पानी माँगने गये होंगे या बकेली जाने वाली सड़क के बारे में पूछने। उस एक पल के लिए पिताजी को होश ज़रूर रहा होगा। लेकिन इस हुलिये के आदमी को अपने इतना क़रीब देखकर वे औरतें डरकर चीख़ने लगी होंगी। वैसे पिताजी की दाहिनी आँख के ऊपर भौंह पर जो चोट लगी थी और जिसका ख़ून रिसकर उनकी आँख पर आने लगा था, वह चोट उनको इतवारी कॉलोनी में ही लगी थी, क्योंकि बाद में लोगों ने बताया कि लड़के उन्हें बीच–बीच में ढेले मार रहे थे।

वह जगह इतवारी कॉलोनी से बहुत दूर नहीं है, जिस जगह

पिताजी को सबसे ज़्यादा चोटें लगीं। नेशनल रेस्टोरेंट नाम के एक सस्ते से ढाबे के सामने की ख़ाली जगह पर पिताजी घिर गये थे। इतवारी कॉलोनी से लड़कों का जो झुण्ड उनके पीछे पड़ गया था, उसमें कुछ बड़ी उम्र के लड़के भी शामिल हो गये थे। नेशनल रेस्टोरेंट में काम करने वाले नौकर सत्ते का कहना था कि पिताजी ने ग़लती यह की थी कि एक बार उन्होंने गुस्से में आकर भीड़ पर ढेले मारने शुरू कर दिये थे। शायद उन्हीं का एक बड़ा–सा ढेला सात–आठ साल के लड़के विकी अग्रवाल को लग गया था, जिसे बाद में कई टाँके लगे थे। सत्ते का कहना था कि इसके बाद झुण्ड ज़्यादा ख़तरनाक हो गया था। वे हल्ला मचा रहे थे और चारों तरफ़ से पिताजी पर पत्थर मार रहे थे। ढाबे के मालिक सरदार सतनाम सिंह ने बताया कि उस वक़्त पिताजी के जिस्म पर सिर्फ़ पट्टे वाली एक चड्डी थी, दुबले शरीर की हड्डियाँ और छाती के सफ़ेद बाल दिख रहे थे। पेट पिचका हुआ था। वे धूल और मिट्टी में लिथड़े हुए थे, सिर के सफ़ेद बाल बिखर गये थे, दाहिनी आँख के ऊपर से और निचले होंठ से ख़ून बह रहा था। सतनाम सिंह ने दुःख और पछतावे के साथ कहा–'मेरे को क्या मालूम था कि यह आदमी सीधा–सादा, इज़्ज़तदार, साख–रसूख़ का इन्सान है और नसीब के फेर में इसकी ये हालत हो गयी है।' वैसे ढाबे में कप–प्लेट धोने वाले नौकर हरी का कहना था कि बीच–बीच में पिताजी भीड़ को अंड–बंड गालियाँ दे–देकर ढेले मारने लगते थे–'आओ ससुरो ...आओ...एक–एक को मार डालूँगा भोसड़ीवालो...तुम्हारी माँ की...' लेकिन मुझे सन्देह है कि पिताजी ने ऐसी कोई गाली दी होगी। हमने कभी भी उन्हें गाली देते नहीं सुना था।

मैं पूरे विश्वास के साथ कह सकता हूँ, क्योंकि पिताजी को मैं बहुत अच्छी तरह से जानता हूँ कि इस समय तक, उन्हें कई बार लगा होगा कि उनके साथ जो कुछ हो रहा है, वह वास्तविकता नहीं है, एक सपना है। पिताजी को ये सारी घटनाएँ ऊल–जलूल,

ऊटपटाँग और बेमतलब लगी होंगी। वे इस सब पर अविश्वास करने लगे होंगे। उन्होंने सोचा होगा कि यह सब क्या बकवास है? वे तो गाँव से शहर आये ही नहीं हैं, उन्हें किसी तिरिछ ने नहीं काटा है, बल्कि तिरिछ तो होता ही नहीं है, एक मनगढ़ंत और अन्धविश्वास है...और धतूरे का काढ़ा पीने की बात तो हास्यास्पद है, वह भी एक तेली के खेत में उसका पौधा खोजकर। उन्होंने सोचा होगा और पाया होगा कि भला उन पर कोई मुक़दमा क्यों चलेगा? उन्हें अदालत जाने की क्या ज़रूरत है?

मैं जानता हूँ कि सुरंग जैसा लम्बा और सम्मोहक, लेकिन डरावना सपना जैसा मुझे आता था, पिताजी को भी आता रहा होगा। मेरी और उनकी बहुत–सी बातें बिल्कुल मिलती–जुलती थीं। मुझे लगता है कि इस समय तक पिताजी पूरी तरह से मान चुके होंगे कि यह जो कुछ हो रहा है, सब झूठ और अवास्तविक है। इसीलिए वे बार–बार उस सपने से जागने की कोशिश भी करते रहे होंगे। अगर वे बीच–बीच में ज़ोर–ज़ोर से कुछ बोलने लगते थे या शायद गालियाँ बकने लगते थे, तो इसी कठिन कोशिश में कि वे उस आवाज़ के सहारे उस दुःस्वप्न से बाहर निकल आयें। नेशनल रेस्टोरेंट के नौकरों और मालिक सरदार सतनाम सिंह ने जैसा बताया था, उसके अनुसार उस जगह पर पिताजी को बहुत चोटें आयी थीं। उनकी कनपटी, माथे, पीठ और शरीर के दूसरे हिस्सों पर कई ईंटें और ढेले आकर लग गये थे। सड़क का ठेका लेने वाले ठेकेदार अरोड़ा के बीस–बाइस साल के लड़के सन्जू ने उन्हें दो–तीन बार लोहे की रॉड से भी मारा था। सत्ते का तो कहना था कि इतनी चोटों से कोई भी आदमी मर सकता था।

मुझे यह सोचकर एक अजीब–सी राहत मिलती है और मेरी फँसती हुई साँसें फिर से ठीक हो जाती हैं कि उस समय पिताजी को कोई दर्द महसूस नहीं होता रहा होगा; क्योंकि वे अच्छी तरह से, पूरी तार्किकता और गहराई के साथ विश्वास करने लग गये

होंगे कि यह सब अपना है और जैसे ही वे जागेंगे, सब ठीक हो जायेगा। आँख खुलते ही आँगन बुहारती माँ नज़र आ जायेगी या नीचे फ़र्श पर सोते हुए मैं और छोटी बहन दिख जायेंगे...या ग़ौरइयों का झुण्ड...हो सकता है कि उन्हें बीच–बीच में अपने इस अजीबो–ग़रीब सपने पर हँसी भी आयी हो।

अगर पिताजी ने गुस्से में लड़कों की तरफ़ ख़ुद भी ढेले मारने शुरू कर दिये तो इसके पीछे पहली वजह तो यही थी कि उन्हें यह बहुत अच्छी तरह से पता था कि ये ढेले सपने के भीतर जा रहे हैं और इससे किसी को कोई चोट नहीं आयेगी। यह भी हो सकता है कि पूरी ताक़त से ढेला मारकर वे उत्सुकता और बेचैनी से यह इन्तज़ार करते रहे हों कि जैसे ही वह जाकर किसी लड़के के सिर से टकरायेगा, उसका माथा नष्ट होगा और एक ही झटके में इस दुःस्वप्न के टुकड़े–टुकड़े बिखर जायेंगे और चारों ओर से वास्तविक संसार की बेतहाशा रोशनी अन्दर आने लगेगी। उनका ज़ोर–ज़ोर से चीख़ना भी दरअसल गुस्से के कारण नहीं था, वे असल में मुझे, छोटी बहन को, माँ को या किसी को भी पुकार रहे थे कि अगर वे अपने आप इस सपने से जाग पाने में सफल न भी हो पायें, तब भी कोई आकर उन्हें जगा दे।

एक सबसे बड़ी विडम्बना भी इसी बीच हुई। हमारे गाँव की ग्राम पंचायत के सरपंच और पिताजी के बचपन के पुराने दोस्त पण्डित कन्धई राम तिवारी लगभग साढ़े तीन बजे नेशनल रेस्टोरेंट के सामने सड़क से गुज़रे थे। वे रिक्शे पर थे। उन्हें अगले चौराहे से बस लेकर गाँव लौटना था। उन्होंने इस ढाबे के सामने इकट्ठी भीड़ को भी देखा और उन्हें यह पता भी चल गया कि वहाँ पर किसी आदमी को मारा जा रहा है। उनकी यह इच्छा भी हुई कि वहाँ जाकर देखें कि आख़िर मामला क्या है। उन्होंने रिक्शा रुकवा भी लिया, लेकिन उनके पूछने पर किसी ने कहा कि कोई पाकिस्तानी जासूस पकड़ा गया है जो पानी की टंकी में ज़हर डालने जा रहा था, उसे ही लोग मार रहे हैं।

ठीक इसी समय पण्डित कन्धई राम को गाँव जाने वाली बस आती हुई दिखी और उन्होंने रिक्शे वाले से अगले चौराहे तक जल्दी–जल्दी रिक्शा बढ़ाने के लिए कहा। गाँव जाने वाली यह आख़िरी बस थी। अगर उस बस के आने में तीन–चार मिनट की भी देरी हो जाती तो वे निश्चित ही वहाँ जाकर पिताजी को देखते और उन्हें पहचान लेते। राज्य परिवहन की वह बस हमेशा आधा–पौन घण्टा लेट रहा करती थी, लेकिन उस दिन, संयोग से वह बिल्कुल सही समय पर आ रही थी।

सतनाम सिंह का कहना था कि वह भीड़ नेशनल रेस्टोरेंट के सामने से तब हटी और लोग तितर–बितर हुए, जब बड़ी देर तक पिताजी ज़मीन से उठे ही नहीं। ईंट का एक बड़ा–सा ढेला उनकी कनपटी पर आकर लगा था। उनके मुँह से ख़ून आना शुरू हो गया था। सिर में भी चोटें थीं। सतनाम ने बताया कि जब पिताजी बहुत देर तक नहीं हिले–डुले तो लड़कों के झुण्ड में से किसी ने कहा कि लगता है यह मर गया। जब भीड़ छँटने के दस–पन्द्रह मिनट बाद भी पिताजी नहीं हिले–डुले तो सतनाम सिंह ने सत्ते से कहा था कि वह उनके मुँह में पानी के छींटे मारकर देखे कि वे सिर्फ़ बेहोश हैं तो हो सकता है कि उठ जायें, लेकिन सत्ते पुलिस की वजह से डर रहा था। बाद में सतनाम सिंह ने खुद ही एक बाल्टी पानी उनके ऊपर डाला था। दूर से पानी डालने के कारण ज़मीन की मिट्टी गीली होकर पिताजी के शरीर से लिथड़ गयी थी।

सरदार सतनाम सिंह और सत्ते दोनों का कहना था कि लगभग पाँच बजे तक पिताजी उसी जगह पड़े हुए थे। तब तक पुलिस नहीं आयी थी। फिर सतनाम सिंह ने सोचा कि कहीं उसे पंचनामा और गवाही वग़ैरह में न फँसना पड़ जाये, इसलिए उसने ढाबा बन्द कर दिया था और डिलाइट टॉकीज़ में 'आन मिलो सजना' फ़िल्म देखने चला गया था।

उस समय लगभग छह बजे थे, जब सिविल लाइंस की सड़क की पटरियों पर एक क़तार में बनी मोचियों की दुकानों में से

एक मोची गनेशवा की गुमटी में पिताजी ने अपना सिर घुसेड़ा। उस समय तक उनके शरीर पर चड्डी भी नहीं रह गयी थी, वे घुटनों के बल किसी चौपाये की तरह रेंग रहे थे। शरीर पर कालिख और कीचड़ लगी हुई थी और जगह–जगह चोटें थीं।

गनेशवा हमारे गाँव के तालाब के पार वाले टोले का मोची है। उसने बताया कि मैं बहुत डर गया और मास्टर साहब को पहचान ही नहीं पाया। उनका चेहरा डरावना हो गया था और चिन्हाई में नहीं आता था। मैं डरकर गुमटी से बाहर निकल आया और शोर मचाने लगा। दूसरे मोचियों के अलावा वहाँ कुछ और लोग भी इकट्ठा हो गये थे। लोगों ने जब गनेशवा की गुमटी के भीतर जाकर झाँका तो गुमटी के अन्दर, उसके सबसे अँतरे–कोने में, टूटे–फूटे जूतों, चमड़ों के टुकड़ों, रबड़ और चिथड़ों के बीच पिताजी दुबके हुए थे। उनकी साँसें थोड़ी–बहुत चल रही थीं। उन्हें वहाँ से खींचकर, बाहर पटरी पर निकाला गया। तभी गनेशवा ने उन्हें पहचान लिया। गनेशवा का कहना था कि उसने पिताजी के कान में कुछ आवाज़ें भी लगायीं, लेकिन वे कुछ बोल नहीं पा रहे थे। बहुत देर बाद उन्होंने 'रामस्वारथ प्रसाद...' और 'बकेली' जैसा कुछ कहा था। फिर चुप हो गये थे।

पिताजी की मृत्यु सवा छह बजे के आसपास हुई थी। तारीख़ थी 17 मई, 1972। चौबीस घण्टे पहले लगभग इसी वक़्त उन्हें जंगल में तिरिछ ने काटा था। चौबीस घण्टे पहले क्या पिताजी इन घटनाओं और इस मृत्यु का अनुमान कर सकते थे?

पिताजी का शव शहर के मुर्दाघर में पुलिस ने रखवा दिया था। पोस्टमार्टम में पता चला था कि उनकी हड्डियों में कई जगह फ्रैक्चर था, दायीं आँख पूरी तरह फूट चुकी थी, कॉलर बोन टूटी हुई थी। उनकी मत्यु मानसिक सदमे और अधिक रक्त स्राव के कारण हुई थी। रिपोर्ट के अनुसार उनका आमाशय ख़ाली था, पेट में कुछ नहीं था। इसका मतलब यही हुआ कि धतूरे के बीजों का काढ़ा उल्टियों द्वारा पहले ही निकल चुका था।

हालाँकि थानू कहता है कि अब तो यह तय हो गया कि तिरिछ के ज़हर से कोई नहीं बच सकता। ठीक चौबीस घण्टे बाद उसने अपना करिश्मा दिखाया और पिताजी की मृत्यु हुई। पण्डित राम औतार भी यही कहते हैं। हो सकता है कि पण्डित राम औतार इसलिए ऐसा कहते हों कि वे ख़ुद को विश्वास दिलाना चाहते हों कि धतूरे के काढ़े का पिताजी की मृत्यु से कोई सम्बन्ध नहीं था।

मैं सोचता हूँ, अन्दाज़ा लगाने की कोशिश करता हूँ कि शायद अन्त में, जब गनेशवा ने अपनी गुमटी के बाहर पिताजी के कान में आवाज़ दी होगी तो पिताजी सपने से जाग गये होंगे। उन्होंने मुझे, माँ को और छोटी बहन को देखा होगा□फिर वे दातून लेकर नदी की तरफ़ चले गये होंगे। नदी के ठण्डे पानी से उन्होंने अपना चेहरा धोया होगा, कुल्ला किया होगा और इस लम्बे दुःस्वप्न को वे भूल गये होंगे। उन्होंने अदालत जाने के बारे में सोचा होगा। हम लोगों के मकान की चिन्ता ने उन्हें परेशान किया होगा।

लेकिन मैं अपने सपने के बारे में बताना चाहता हूँ, जो मुझे अक्सर आता है। वह यों है–कि मैं खेतों की मेंड़, गाँव की पगडण्डी से होता हुआ जंगल पहुँच गया हूँ। मैं रक्सा नाला, कीकर के पेड़ को देखता हूँ। वह भूरी चट्टान वहाँ उसी जगह है, जो सारी बारिश नाले के पानी में डूबी रहती है। मैं देखता हूँ कि तिरिछ की लाश उसके ऊपर पड़ी हुई है। मुझे एक बेतहाशा खुशी अपने घेरे में ले लेती है। आख़िर वह मारा गया। मैं पत्थर लेकर तिरिछ को कुचलने लगता हूँ, ज़ोर–ज़ोर से उसे मारता हूँ। मेरे पास थानू मिट्टी का तेल और माचिस लिए खड़ा है। तभी अचानक ही, मैं पाता हूँ कि मैं उस चट्टान पर नहीं हूँ। थानू भी वहाँ नहीं है, वहाँ कोई जंगल नहीं है, बल्कि मैं दरअसल शहर में हूँ। मेरे कपड़े बहुत ही मैले, फटे और चिथड़ों जैसे हो गये हैं। मेरे गालों की हड्डियाँ निकली हैं। बाल बिखरे हैं। मुझे प्यास

लगी है और मैं बोलने की कोशिश करता हूँ। शायद मैं बकेली, अपने घर जाने का रास्ता पूछना चाहता हूँ और तभी अचानक चारों ओर शोर उठता है...घण्टियाँ बजने लगती हैं...हज़ारों–हज़ारों घण्टियाँ...मैं भागता हूँ।

मैं भागता हूँ...मेरा पूरा शरीर बेदम होने लगता है, फेफड़े फूल जाते हैं। मैं पास–पास क़दम रखकर अचानक लम्बी–लम्बी छलाँगें लगाता हूँ, उड़ने की कोशिश करता हूँ। लेकिन भीड़, लगता है मेरे पास पहुँचने वाली होती है। एक अजीब–सी गर्म और भारी हवा मुझे सुन्न कर देती है। अपनी हत्या की साँसें मुझे छूने लगती हैं...और आख़िरकार वह पल आ जाता है, जब मेरे जीवन का अन्त होने वाला होता है...

मैं रोता हूँ...भागने की कोशिश करता हूँ। मेरा पूरा शरीर नींद में ही पसीने में डूब जाता है। मैं ज़ोर–ज़ोर से बोलकर जागने की कोशिश करता हूँ...मैं विश्वास करना चाहता हूँ कि यह सब सपना है...और अभी आँख खोलते ही सब ठीक हो जायेगा...मैं सपने के भीतर अपनी आँखें फाड़कर देखता हूँ...दूर तक...लेकिन वह पल आख़िर आ ही जाता है...

माँ बाहर से मुझे देखती है। मेरा माथा सहलाकर वह मुझे रज़ाई से ढाँप देती है और मैं वहाँ अकेला छोड़ दिया जाता हूँ। अपनी मृत्यु से बचने की कोशिश में जूझता, बेदम होता, रोता, चीख़ता और भागता।

माँ कहती हैं मुझे अभी भी नींद में बड़बड़ाने और चीख़ने की आदत है। लेकिन मैं पूछना चाहता हूँ और यही सवाल मुझे हमेशा परेशान करता है कि मुझे आख़िरकार अब तिरिछ का सपना क्यों नहीं आता?

छप्पन तोले का करधन

रात घर में अँधेरा बहुत होता था। दूसरे घरों से कहीं बहुत ज़्यादा और गाढ़ा। दीवारें पूरी तरह उसमें डूब जातीं। हवा बहुत भारी और घनत्व वाली हो जाती, जिसमें कई तरह की गन्ध घुली होती। कई बार मुझे लगता, उसमें केवड़े की गन्ध है, जबकि आसपास कहीं भी, पूरे गाँव में केवड़ा नहीं था। कभी उसमें हमारे गाँव के बाहर के मछलियों से भरे तालाब के पानी की गन्ध होती। मछलियों के पसीने से हमारे फेफड़े भर जाते, साँसें भारी हो जातीं और हम हर जगह नमी महसूस करते।

और ऐसा भी कभी–कभी होता कि हवा में किसी सड़ती हुई चीज़ की बू एक बारीक़ और महीन पर्त की तरह सारे घर में व्याप जाती। इस बू के फैलते ही यहाँ से वहाँ तक एक अदृश्य डर की परछाईं भी पसर जाती। अम्माँ कहतीं, "लगता है कहीं कोई चूहा मर गया है।" उनकी आवाज़ में अनिश्चय और भय एक साथ होते। फिर वे धीरे से अपने आपको आश्वस्त करती हुई कहतीं– "मुन्ना, जाकर अँधियारी कोठरी में देखना तो दादी क्या कर रही हैं।"

मैं जान जाता कि अम्माँ के भीतर उस सड़ती हुई बू के साथ छाया हुआ डर बैठ गया है और उन्हें दादी के बारे में आशंका हो रही है। हम सब दादी को अक्सर भूल जाते थे और कभी–कभी तो महीनों उन्हें नहीं देखते थे। न वे हमारी आँखों के सामने कहीं होतीं, न हमारी स्मृति में उनका कोई अस्तित्त्व रहता।

जिस कोठरी में दादी शीशम की एक पुरानी खाट पर सोती रहती थीं, उस कोठरी का नाम 'अँधियारी कोठरी' रख दिया गया था। वह एक बहुत छोटा, सँकरा और ज़मीन में धँसा हुआ अँधेरा कमरा था, जिसमें एक भी खिड़की नहीं थी। सिर्फ़ एक छोटा–सा दरवाज़ा था, जिसकी चौखट इतनी नीची थी कि लगभग बैठकर उस दरवाज़े से कमरे में उतरना पड़ता था। कमरे का फ़र्श ज़मीन की सतह से कम–से–कम डेढ़ बीता नीचे था। वहाँ हमेशा अँधेरा होता था, दिन में भी। दादी कई दिनों बाद या कभी–कभी कई महीनों बाद उस कमरे से बाहर निकलती थीं। वे शायद कमरे में ही किसी कोने में पेशाब करती थीं, क्योंकि अँधियारी कोठरी की बन्द गाढ़ी हवा में अमोनिया की तीखी गन्ध मौजूद होती। दादी के शरीर से भी ऐसी ही गन्ध आती थी।

मुझे पूरा यक़ीन था कि दादी कमरे के अँधेरे में सारी चीज़ें साफ़–साफ़ देख लेती हैं। एक–दो बार जब अम्माँ ने सड़ती हुई बू से डरकर मुझे दादी को देखने भेजा था और जब मैंने अँधियारी कोठरी में अन्दर झाँककर देखा तो वहाँ अँधेरे में, जिधर दादी की खाट थी, उधर दो जलती हुई कंजी आँखें दिखी थीं। अँधेरे में बिल्ली की आँखें भी इसी तरह जलती हैं। मैं जब पुकारता, "दादी, ओ दादी!" तो घर्राती हुई 'हूँ' की आवाज़ उन्हीं आँखों में से आती। मैं फ़ौरन अँधेरे में दौड़ता हुआ लौटता और ज़ोर से कहता, "अम्माँ, दादी तो ज़िन्दा हैं," तो अम्माँ ज़ोरों से डाँटतीं। अगर मैं यह कहता कि "अम्माँ, दादी तो नहीं सड़ रहीं, यह बदबू किसी और मरी हुई चीज़ की है।" शायद तब भी अम्माँ डाँटतीं। इसलिए पिछले कुछ दिनों से, जब भी घर में रात वाली बू फैलती और अम्माँ डरकर मुझे अँधियारी कोठरी में भेजतीं, मैं झाँककर दौड़ता हुआ आता और गाता हुआ बताता–"दादी बोलीं–हूँ!"

लेकिन रात में बिल्ली से मुझे बहुत डर लगता था। ख़ासतौर से उस काली बिल्ली से जो सिर्फ़ रात में ही आती, छप्पर से उतरती, पूरे घर में घूमती और कभी–कभी हमारी खाट के नीचे

बैठ जाती। उसकी आँखें भी कंजी और जलती हुई थीं। उनके भीतर से एक मद्धिम मैली–पीली रोशनी निकलती रहती थी। जितना ही गाढ़ा अँधेरा होता, उतनी ही साफ़ व चमकती आँखें होतीं। बिल्ली रात में विलाप करती और तब मुझे महसूस होने लगता कि वह बिल्ली और कोई नहीं, दादी ही हैं। शायद यही रूप धरकर वह सारे घर की टोह लेती थीं। हमारे गाँव की औरतें ऐसे कई किस्से सुनातीं, जिनमें होता कि कुछ औरतें जादू–टोना सिद्ध करके किसी भी चीज़ में अपने आपको बदल लेती हैं। ऐसी जादुई औरतों को टोनही कहा जाता और बिल्ली उनका सबसे पसन्द रूप होती थी, क्योंकि बिल्ली अँधेरे में भी देख सकती थी।

लेकिन उन दिनों दादी ही नहीं, हर औरत मेरे लिए आश्चर्यजनक होती। मैं लगातार शक करता। इस फ़िराक़ में रहता कि जब वह औरत किसी और चीज़ में बदल रही हो, तब मैं उस घटना को देख लूँ। लेकिन ऐसा कभी नहीं हो पाया। दादी भी कब बिल्ली में बदलतीं, मैं जान न पाता।

चाची, जिनके बारे में कहा जाता था कि उनके दिल की जगह पर लकड़ी का चौकोर टुकड़ा लगा है, जिसे उन्होंने चाचा के भाग जाने और अपने बच्चे न होने पर लगवा रखा है, बहुत क्रूर थीं। वे गालियाँ भी दे लेती थीं। उन्होंने एक बार बतलाया था कि कई साल पहले, जब दादी जवान थीं और बहुत सुन्दर थीं, उनका मेल–जोल गाँव की नाइन के साथ हो गया था। नाइन टोना जानती थी और उससे थोड़ा–बहुत दादी ने भी सीख लिया था। लेकिन किसी–किसी पर टोना उलट भी जाता है। दादी के साथ यही हुआ था। उनकी सुन्दर देह, धूप में निकलते ही जिस पर फफोले पड़ जाते थे और जिससे गर्मियों की रात में बेले की गन्ध फूटती थी, वह शरीर टोना उलट जाने से ताँबई और फिर कत्थई हो गया था। उसके एक के बाद एक तेरह बच्चे हुए थे, जिनमें से सिर्फ़ पिताजी, जसीडीह वाली बुआ और चाचा ज़िन्दा बचे थे। चाची बतलाती थीं कि दादी का अधूरा टोना ही उनके

बच्चों को खा जाता था। वह दादी के टोने का ही असर था कि पिताजी और चाचा कभी घर में नहीं टिक पाते थे।

हमारा घर एक कमज़ोर, बीमार और धीरे–धीरे ख़त्म होता हुआ घर था। छप्पर की हर लकड़ी में, हर मयार, बीम और बड़ेरी में घुन लगे थे, जो दिन भर सफ़ेद बुरादा नीचे गिराते थे। दिन–भर में हर चीज़ पर, हर जगह बुरादा जम जाता। शाम को अम्माँ झाड़ूई लगातीं तो आँगन में कोने में बुरादे, गर्द और ईंट के चूरे का ढेर इकट्ठा हो जाता।

अम्माँ इस बात को जानती थीं कि घर की दीवारें भीतर–भीतर खोखली हो चुकी हैं और वहाँ पर एक दूसरा ही जीवन और संसार चल रहा है। यह संसार चूहों, कई रंगों के विचित्र कीड़ों और ऐसे अदृश्य प्राणियों का संसार था, जिन्हें हम कभी नहीं देख पाते थे। वहाँ का अपना अलग ही नियम रहा होगा। हमारा बाहर का संसार, उस दूसरे संसार के लिए खाद और हवा की तरह था। हम सब घर के ख़त्म होने के बारे में जानते थे। यह कभी भी अचानक चुक सकता था। रात में, जब हर जगह बिल्कुल सन्नाटा होता और मछलियों के पसीने के बीसर गन्ध से भरी भारी हवा में घर डूब जाता, तो दीवार के भीतर के संसार की कुछ विचित्र और बारीक़ आवाज़ सुनाई देने लगती। लगता वहाँ किसी और ही अपरिचित और अज्ञात भाषा में कोई धीरे–धीरे फुसफुसाकर बात कर रहा है। ये बातें हमारे अपने संसार की नियति और मृत्यु के बारे में होतीं। कई चीज़ों के टूटने और बनाये जाने की खटपट सुनाई देती। वहाँ कुछ नया रचा और गढ़ा जा रहा था। कभी लगता कि घर की सारी दीवारों के खोखल में, यहाँ से लेकर वहाँ तक, एक बहुत बड़ा अजगर सोया हुआ है, जिसकी तपती हुई भाप से भरी साँस हमारी साँसों और सपनों तक पहुँच रही है।

मैं बिल्ली, दादी और टोने से ही नहीं, घर की दीवारों से भी डरता था। मुझे विश्वास था कि अगर कान लगाकर मैं दीवार

के साथ खड़ा हो जाऊँ तो उस दूसरे संसार का बहुत सारा भेद मेरे सामने खुल जायेगा, लेकिन ऐसा सोचते ही मेरा दिल ज़ोरों से धड़कने लगता। मैं उस विचित्र, अज्ञात और अदृश्य भाषा को सुन सकने का साहस ही अपने भीतर पैदा न कर पाता, जो दूसरे संसार की भाषा थी। मुझे लगता कि अगर उस भाषा का कोई शब्द मैंने सुन लिया और अगर मैं उसका अर्थ समझ गया तो मैं ज़िन्दा बिल्कुल नहीं बचूँगा।

लेकिन दादी के बारे में मेरा अनुमान था कि वे न सिर्फ़ उस भाषा को जानती हैं, बल्कि उस संसार की बहुत–सी घटनाएँ उन्हीं के इशारे पर हो रही हैं। हमारे घर को विनाश की ओर ले जाने वाली हर विपदा और दुर्घटना के अदृश्य धागों का हर छोर उनकी उँगलियों में बँधा है। अपनी अँधियारी कोठरी में महीनों तक दिन–रात आख़िर वे क्या करती रहती हैं? दादी हमारे घर की शत्रु थीं। यह उन्हें भी पता था, हमें तो ख़ैर था ही। वे यह भी जानती थीं कि रामे (मेरे पिता) के अलावा उनकी बात कोई और नहीं समझ पाता था। वे अस्सी साल की हो चुकी थीं और अपने साथ–साथ हमारे घर को भी ख़त्म कर डालने के किसी खेल या जादू में संलग्न थीं। उस जादू के असर से हमारा घर भी अस्सी साल का हो चुका था और हम सब महसूस करते कि हमारे फेफड़े और हड्डियाँ अस्सी साल पुरानी हैं। हम नष्ट होने से बचना चाहते थे।

दादी दिन–भर में सिर्फ़ एक बार खाना खाती थीं। जस्ते का एक बहुत पुराना, तुचका–पुचका भगौना था, उसी में दाल–भात, चटनी, सूखी मिर्च डाल दी जाती और अम्माँ उसे अँधियारी कोठरी की ड्योढ़ी पर रख आती थीं। कई–कई बार तो कई दिनों तक हर रोज़ भगौना ज्यों–का–त्यों भरा हुआ लौट आता, फिर उस खाने को कोई नहीं खाता था। कई बार लोग दादी के बारे में बिल्कुल भूल जाते। उनकी कहीं चर्चा न होती। ऐसा महीनों होता। फिर किसी दिन हम देखते कि आँगन के कोने में

जहाँ अम्माँ घर–भर के कूड़े का ढेर इकट्ठा करती थीं, दादी उसी ढेर के ऊपर सफ़ेद मैली धोती में, अपनी हथेलियों में अपना माथा थामे बैठी हुई हैं। चाची उन्हें देखते ही कहतीं–"निकली है आज बुढ़िया फिर से! घर में ज़रूर कोई–न–कोई बीमार पड़ेगा।"

दादी के बाहर निकलते ही पूरे घर में एक अजीब–सी तेज़ी और हलचल पैदा हो जाती। चाची लगातार बड़बड़ातीं। बुआ दादी की बगल से धम–धम पैर पटकती हुई निकलतीं। अम्माँ सारे घर में झाड़ू लगाने लगतीं और पुराने चिथड़े, टूटी–फूटी चीज़ें बाहर आँगन में फेंकने लगतीं। हर कोई दादी को न देखने का अभिनय करता। लेकिन मैं अच्छी तरह से जानता था कि पूरा घर दादी के बाहर निकलने के कारण ही पानी भरे कटोरे की तरह भीतर से हिल उठा है। दादी के कारण ही हर कोई व्यस्त बन गया है। बुआ, चाची और अम्माँ की आवाज़ें तेज़ हो उठी हैं। मैं जानता था कि यह सब कुछ गति नहीं है, बल्कि दादी के प्रति सबकी शत्रुता और घृणा का ही बदला रूप है। दादी के बाहर निकलते ही पूरा घर किसी नाव की तरह डगमगाने लगता और दादी के ख़िलाफ़ किसी सेना की तरह संगठित हो उठता।

दादी उसी कूड़े के ढेर पर बोरी बिछाकर बैठी रहतीं। कभी–कभी कोई थैली सिलती हुई दिखतीं। एक बार मैंने देखा था कि मुझे अपनी ओर ताकते हुए पाकर दादी के चेहरे की सारी झुर्रियाँ अचानक सिमटकर एक बहुत ही लाचार हँसी में बदल गयी थीं। उन्होंने इशारे से मुझे बुलाया था। यह बाहर के संसार के प्रति दादी की पहली और अकेली प्रतिक्रिया थी। शायद वे सूई में धागा नहीं डाल पा रही थीं, इसलिए। लेकिन मैं उनके पास नहीं गया, क्योंकि मुझे डर था कि दादी कहीं मेरे शरीर में चुपके से अपना टोनावाला बाल न चिपका दें। चाची ने एक बार बतलाया था कि टोनेवाली औरतें कभी–कभी बच्चों के शरीर पर अपना एक बाल चिपका देती हैं। फिर बाद में उस बाल को टोने से वापस बुलाकर जब वे उसे दूध भरे कटोरे में

डालती हैं तो पूरा दूध ख़ून हो जाता है। यह सारा ख़ून उसी बच्चे का होता है, जिसे टोनेवाला बाल सोखकर अपने साथ ले आता है। मैं इसलिए डरा। कहीं मेरे साथ भी ऐसा हुआ तो मेरा शरीर काग़ज़ जैसा सफ़ेद हो जायेगा।

दादी किसी बूढ़े गिद्ध की तरह दिखायी देतीं, जिसके सिर और गर्दन के सारे रोएँ झड़ जाते हैं और एक पतली, बीमार, झुर्रियों भरी गर्दन और नंगी खोपड़ी वहाँ बचती है। इस खोपड़ी के भीतर का दिमाग़ अपने अन्तिम समय की सारी आवाज़ों को धीरे–धीरे सुनता रहता है। मुझे दादी पर दया भी आती, लेकिन वे हमारी शत्रु थीं, क्योंकि उनके पास एक छप्पन तोले का सोने का करधन था, जिसे उन्होंने घर में कहीं फ़र्श में, दीवार में या पिछवाड़े के कुएँ के पास या फिर आस–पास के किसी पेड़ के नीचे गाड़कर छुपा दिया था।

रात में जब घर का सारा काम निबट जाता तो लालटेन के पास चाची, बुआ और अम्माँ बैठ जातीं। घर में वही अकेली लालटेन थी। अम्माँ सबके खा चुकने के बाद बर्तन वग़ैरह धोने के काम से निबटकर खाती थीं। अपना खाना लेकर वह लालटेन के पास बैठ जातीं। रोटी के हर कौर को वह देर तक देखतीं, फिर उसमें से हर बार कोई–न–कोई चीज़ खोजकर बाहर गिरातीं और देर तक उसे धीरे–धीरे चबाती रहतीं। उनका बोलना इस बीच जारी रहता। बुआ की शादी उड़ीसा के पास जसीडीह में हुई थी और एक साल में ही फूफा की मौत के बाद वे वापस हमारे घर लौट आयी थीं। तब से, दस साल से वे इसी घर में थीं। वे हर बात को आश्चर्य के साथ बोलती थीं, इसीलिए उनकी आँखें हमेशा फटी हुई रहतीं। उन्हें देखकर लगता कि सारा संसार उनके लिए आश्चर्यजनक है, हर चीज़ गोपनीय है।

चाची का क़द बहुत छोटा और शरीर बहुत दुबला था। उनकी उम्र पचास के आसपास थी और अभी तक उनकी कोख ख़ाली थी। उन्होंने अपने दिल की जगह पर लकड़ी का चौकोर

टुकड़ा लगवा रखा था, इसलिए वे क्रूर थीं। उन्होंने एक बार मेरी बाँह पर गर्म करछुल दाग़ दी थी, जिस पर अम्माँ के साथ उनकी ख़ूब लड़ाई हुई थी। शायद उसी दिन अम्माँ ने लकड़ी के चौकोर टुकड़े वाली बात मुझे बतलायी थी।

लालटेन की मटैली–धुँधली रोशनी पूरे घर के अँधेरे को देखते हुए बहुत कम होती थी। रात में घर की बहुत सारी चीज़ें भारी हवा, रहस्यपूर्ण गन्धों और विचित्र ध्वनियों में डूब जातीं। दीवारों के खोखल का संसार जीवित होता और वहाँ की अदृश्य हलचलों की आहट हम तक पहुँचती। हम सब लालटेन के पास सिमटे बैठे रहते। वे बातें जो अम्माँ, बुआ और चाची के बीच होतीं, अन्तहीन थीं और किसी बहुत बड़ी कहानी के संवाद की तरह लगतीं। मैं चुपचाप उन्हें सुनता रहता और सोचता कि बड़ा होने पर मैं इस घर पर ज़रूर कहानी लिखूँगा।

अम्माँ के मुँह में कौर भरा होता, चेहरा लालटेन की धुँधली रोशनी में बहुत पुराना, जर्जर और बीमार लगता और वे कहतीं– "अगर माँ जी (दादी) करधन दे दें तो यह घर अब भी बच सकता है।" चाची कहतीं, "मेरी बात गाँठ बाँध लो, बुढ़िया जब मरेगी तो उसकी आँत से करधन निकलेगा। जीते जी वह बताने से रही।" अम्माँ का चेहरा काला पड़ जाता–"भगवान किसी को ऐसी माया का रोग न दे कि वह किसी का न रह जाये।" बुआ अक्सर चुप रहतीं। मुझे ताज्जुब होता कि दादी उनकी माँ थीं। लगता कि दादी सबको भूल चुकी थीं–बुआ, रामे और चाचा को भी। यह पूरा संसार उनके लिए अपरिचित और अज्ञात था। अब शायद उन्हें सिर्फ़ दीवार के भीतर वाले संसार की जादुई भाषा भर आती थी। हमारी भाषा वे भूल गयी थीं, इसीलिए कोई उनकी बात नहीं समझ पाता था।

सिर्फ़ पिताजी ऐसे थे कि जब वे तीन–चार महीनों बाद कलकत्ते से लौटकर आते तो हर बार पहले दिन एक–दो घण्टे दादी की अँधियारी कोठरी में ज़रूर बैठते। वे दादी से बातें करते। दादी उनकी माँ थीं। उन्होंने ही पिताजी को जन्म दिया था।

वह छप्पन तोले का करधन दादाजी लेकर आये थे। दादाजी हमारे घर की कहानी के नायक थे। उन्होंने सारे संसार की यात्रा की थी और बड़े–बड़े कारनामे किये थे। मुझे लगता कि पूरी दुनिया उनके बारे में जानती होगी। उनकी एक धुँधली–सी तस्वीर अम्माँ की कोठरी में लटकी हुई थी। वह अकेली तस्वीर थी, जो नमी और समय के असर से काँच के साथ चिपककर धीरे–धीरे गल रही थी। दादाजी के सिर पर मराठी पगड़ी थी, जाँघों में बन्दूक़ टिकी हुई थी और बड़ी–बड़ी मूँछें थीं।

लालटेन की रोशनी में जब भी सोने के करधन का ज़िक्र होता, दादाजी की भी कहानी शुरू हो जाती। अम्माँ बतातीं कि दादा को चिड़िया पालने का बड़ा शौक़ था। गाँव के तालाब की हर बत्तख से उनकी पहचान थी और दादा हर बत्तख को उसके अलग नाम से बुलाते थे। कई को वे अपने साथ अपने घर ले आते। फिर तो सारे घर में बत्तखें–ही–बत्तखें होतीं। हर जगह। बड़ी आफ़त होती। दादा को पता रहता था कि जंगल के किस पेड़ की किस डाल पर कौन–सी चिड़िया के बच्चे कितने बड़े हो गये हैं। वे सिर्फ़ बत्तखों से ही नहीं, कौओं और बैलों से भी बातचीत कर सकते थे। वे कई बार चींटियों से पूछकर बिल्कुल सही–सही बता देते कि पानी बरसेगा या नहीं।

गाँव के उसी तालाब में, जिसमें दादा की सारी बत्तखें, पनडुब्बियाँ, चाहे, मटावर, टिटहरी, बगुले और जाने कौन–कौन–सी चिड़ियाँ रहती थीं, अंग्रेज़ अफ़सर अपनी गोरी मेम के साथ आकर बारह बोर के छर्रे से बत्तखों को मारकर ले जाता था। दादा कभी–कभी उदास होकर तालाब से लौटते और बुदबुदाते–"आज गोरे ने मोहन, सावन्त और दूजी को मार डाला।"

अम्माँ बताती हैं कि एक शाम दादा आँगन में खाट पर लेटे हुए चुपचाप आकाश में अभी–अभी उभरते हरनगरा, ध्रुव और शुकवा तारों को देख रहे थे कि अचानक शाम का नारंगी–नीला आसमान चिड़ियों से भर गया। सारे संसार की चिड़ियाँ वहाँ

आकाश में पागल होकर चीख़ रही थीं। दादा के पैर पर एक जलमुर्ग़ाबी गिरी। वह ख़ून से तर थी, सारे शरीर में छर्रे थे और गर्दन आधी कट चुकी थी। दादा ने अपनी बन्दूक़ की नाल साफ़ की, उसमें कारतूस भरे, सिर पर पगड़ी रखी और तालाब की तरफ़ चले गये।

इसके बाद कहते हैं, दादा ने तालाब की दूसरी मेंड़ पर खड़े होकर अंग्रेज़ अफ़सर से कहा कि इस तालाब में चिड़ियाँ मारना जुर्म है। सारी चिड़ियाँ मेरी घरेलू और पालतू हैं और तुम आज के बाद से शिकार खेलने के लिए इस तालाब पर मत आना। उस दिन अंग्रेज़ अफ़सर अकेला था, इसलिए वह चुपचाप अपनी मेम के साथ चला गया। लेकिन दूसरे दिन दादा के सारे खेत कुर्क कर लिए गये, जानवर हाँक ले जाये गये और हमारे गाँव को बाग़ी गाँव घोषित कर दिया गया।

जब अंग्रेज़ अफ़सर हर रोज़ शाम को आता, तालाब में बारह बोर के छर्रों से चिड़ियों को मारता। दादा आँगन की खाट में लेटकर चुपचाप देखते कि आकाश चिड़ियों से भर गया है, लहूलुहान मुर्ग़ाबियाँ, घायल बत्तखें, चीख़ती हुई टिटहरियाँ और डरे हुए बगुले। अम्माँ बतातीं कि जिस रोज़ उस अंग्रेज़ अफ़सर ने ग़ुस्से में पागल होकर धाँय–धाँय तालाब की बत्तखों पर बन्दूक़ दागी थी, वह वही दिन था जब पंजाब के जलियाँवाला बाग़ में गोली चली थी।

एक दिन दादा ने फिर अपनी बन्दूक़ साफ़ की और तालाब की दूसरी मेंड़ पर लगे आम के पेड़ की डाल पर पत्तों के पीछे बैठ गये। अंग्रेज़ अफ़सर अपनी मेम और कारिन्दों के साथ आया था। वह सामने की मेंड़ पर आम की डाल पर बने मचान पर बैठा था। दादा ने चिल्लाकर दूसरी मेंड़ से आवाज़ दी–"आज से सब बन्द लाटसाहेब, मैं तालाब का मालिक और चिड़ियों का मालिक, तुम्हें हुक्म देता हूँ..." लेकिन दादा तो आम के पेड़ में छिपे हुए थे। न उन्हें अंग्रेज़ अफ़सर देख पाया न उसके कारिन्दे। सबने

समझा उनके भीतर का डर बोल रहा है। अंग्रेज़ को गुस्सा भी आया। अंग्रेज़ उस वक़्त सारे हिन्दुस्तान के राजा थे और यहाँ एक बत्तख मारने पर दादा की आवाज़ ख़िलाफ़त में उठ रही थी।

अंग्रेज़ अफ़सर ने मचान से जल मुर्ग़ाबियों के झुण्ड पर निशाना लगाया–धाँय, बन्दूक़ चली और कारिन्दों ने देखा कि पूरा आसमान चीख़ती हुई चिड़ियों से भर गया। लेकिन तभी उन्होंने देखा कि इस बार ऊपर से मरी हुई मुर्ग़ाबियाँ नहीं गिरीं, गिरी अंग्रेज़ अफ़सर की लाश।

दरअसल दो बन्दूक़ों के घोड़े एक साथ दबे थे। दादा परली वाली मेंड़ के नीचे उतरे, अपनी बन्दूक़ की नाल का धुआँ साफ़ किया, चिड़ियों की ओर देखकर मुस्कुराए, फिर हाथ हिलाया और फ़रार हो गये। अम्माँ बतलाती हैं कि फिर पच्चीस साल तक दादा का कहीं पता ही नहीं चला। कोई कहता वे साधु हो गये हैं, कोई कहता डाकू। ज़मीन सारी कुर्क हो गयी थी। खाने के लाले पड़ गये थे। दादी घर में अकेली तीनों बच्चों यानी पिताजी, चाचा और बुआ को पालती रहीं। उस ज़माने में दादा के बारे में हज़ारों क़िस्से घर–घर चलते कि दादा जर्मनी गये, फिर रूस गये। समुद्र में तैरकर अंग्रेज़ों के जहाज़ के पेंदे में छेद कर दिया। ट्रेन में डकैती डाली। कोई कहता कि मुठभेड़ में उन्हें मार डाला गया, फाँसी दे दी गयी, कैंसर से मर गये।

लेकिन दादा पच्चीसवें साल, बृहस्पतिवार की शाम, कार्तिक के महीने में, दीपावली के ठीक एक दिन पहले लौट आये। वे बिल्कुल बूढ़े और दुबले हो गये थे। चेहरे पर सफ़ेद दाढ़ी थी, सिर गंजा हो गया था। और कहते हैं, दीपावली की रात उन्होंने दादी को छप्पन तोले का सोने का करधन दिया था।

उसी साल आज़ादी मिली थी, उसी साल दादा लौटे थे, लेकिन उसी साल वे बीमार हो गये थे। कहते हैं, दादा जब मज़बूत थे तो एक बार वे चलती हुई रेल के इंजन को रोककर उसे ठेलते हुए डेढ़ मील तक पीछे ले गये थे, लेकिन आज़ादी के

बाद उनसे अपना टट्टीवाला लोटा भी नहीं उठता था। उन्हें दमा था और वे हाँफते रहते थे। तब तक पिताजी, चाचा और बुआ ख़ूब बड़े हो गये थे। बुआ कहती हैं कि जिस साल से आज़ादी मिली, उस साल से वे सारे लोग बीमार हो–होकर मरने लगे थे, जिन्होंने अंग्रेज़ों से लड़ाई लड़ी थी। दादा भी उसी साल मर गये। आख़िरी दिनों में उनके मुँह पर ढेर सारी मक्खियाँ बैठी रहती थीं और दादा का बूढ़ा चेहरा गुड़ के ढेले की तरह चिपचिपाता रहता था। दादा भी बूढ़े गिद्ध की तरह लगते थे और वे चिड़ियों की भाषा भूल गये थे। जिस दिन वे घर लौटे थे, उसी दिन वे तालाब गये थे, लेकिन वहाँ किसी भी बत्तख ने उनको नहीं पहचाना था। सारी पुरानी बत्तखें ख़त्म हो चुकी थीं और उनकी नयी पीढ़ी के लिए दादा बिल्कुल अजनबी थे। वे भीतर से टूट गये थे। 'सब बदल गया'–सिर्फ़ उन्होंने इतना कहा था। उनका टट्टी वाला पीतल का लोटा अब भी हमारे घर की अटारी में था, जिसे मैं नहीं उठा पाता था।

अम्माँ, बुआ, चाची सबके चेहरे लालटेन की पीली बीमार रोशनी में दीमक लगी किसी पुरानी किताब के पन्नों में बने धुँधले चित्रों की तरह लगते। मछलियों के पसीने से भरी बीसर हवा में उनकी आवाज़ें कुछ देर तक तैरतीं, फिर भीगकर कहीं गिर जातीं। हम सब जानते थे कि हमारा घर अब धीरे–धीरे धूल में बदल रहा है। अम्माँ भी धूल हो रही हैं। पिताजी साल में दो–तीन बार ही आ पाते। वे कलकत्ते में किसी मारवाड़ी सेठ की कपड़े की दुकान पर मुनीमी का काम करते थे। चाचा पहले आते थे, लेकिन पिछले चार सालों से नहीं आये थे। कभी–कभी उनका पचास रुपये का मनीऑर्डर आ जाता था।

बुआ और अम्माँ एक दिन आपस में बात कर रही थीं कि चाचा ने गोहाटी में किसी असमिया कुंजड़िन को रख लिया है। वह बड़ी ख़ूबसूरत है और टोना जानती है। चाचा जब भी कभी घर लौटने की बात सोचते हैं, वह उन्हें बैल बनाकर खूँटे से बाँध

देती है। बुआ कहतीं कि अगर चाची ने बच्चे पैदा किये होते तो चाचा ज़रूर घर आया करते। आख़िर पिताजी आते हैं। पिताजी एक बार मुझे अपने साथ कलकत्ता ले जाने की बात कह रहे थे, लेकिन वहाँ उनके पास जगह ही नहीं थी। सेठ की दुकान में ही पिछले बारह साल से सोते थे।

पिताजी ने भी दादी से एक बार छप्पन तोले के करधन के बारे में पूछा था तो दादी बहुत देर तक चुप रही थीं। फिर उन्होंने कहा था–"रामे, जब तेरे पिता फ़िरंगी को मारकर फ़रार हुए थे, तब मेरे पास दस तोला सोना था। मैंने अपने तीनों छौनों को किस–किस तरह से पाला–पोसा, तुम दोनों भाइयों को पढ़ाया। चार तोला सोना बचा था, जिसे मैंने दोनों बहुओं में बराबर–बराबर बाँटा। और तिस पर भी तुम सबने मिलकर मेरे साथ जो किया है बेटा, उसे भगवान ही नहीं, सारा गाँव देख रहा होगा।" दादी रोने लगी थीं, फिर कहा था–"अभी तो बेटा, बहू दाल–भात ड्योढ़ी पर रख जाती है, करधन मैंने दे दिया तो फिर कौन–सी आस रह जायेगी? करधन हो कि न हो, वह मेरे लिए और तुम सबकी आस के लिए ज़रूरी है बेटा।"

चाचा और पिताजी ने तमाम घर छान मारा था। ज्योतिषी से गुप्त धन के बारे में पंचांग दिखाकर कई जगह खुदाई की थी, कटोरा चलवाया था, लेकिन दादी ने करधन पता नहीं कहाँ छुपा रखा था। एक बार अम्माँ ने सपना देखा कि करधन आँगन में तुलसी के चबूतरे के भीतर, ईंटों के बीच, एक काँसे की हंडी में रखा है और तीन सफ़ेद साँप उस पर पहरा दे रहे हैं। तुलसी का चबूतरा तोड़ा गया। एक बार तीजे के दिन दादी को खाट समेत आँगन में लाकर डाल दिया गया। बुआ ने सरसों के तेल की मालिश की। दादी की कँघी करके उनका जूड़ा बाँधा गया। हलवा, खीर, आलू–गोभी की सब्ज़ी और पूरी बना–बनाकर अम्माँ उन्हें खिलाती रहीं। उन्हें पंखा झला गया। बुआ, चाची और अम्माँ बातों के दाँव–पेंच लगाकर दादी से भेद पाने के लिए जूझती

रहीं। उधर इसी बीच अँधियारी कोठरी के फ़र्श को पिताजी सब्बल से जगह–जगह खोदते रहे, लेकिन करधन कहीं नहीं मिला।

एक बार दादी को गर्मी लग गयी थी। वे कई दिनों तक अँधियारी कोठरी के बाहर नहीं निकलीं। बस, कराहती रहती थीं। चाची के दिल की जगह पर तो लकड़ी का चौकोर टुकड़ा था, उन्होंने कहा–"यही वक़्त है। अभी बुढ़िया बता दे तो बता दे, वरना पता नहीं कब ये साँस छोड़कर चल बसे।" कहते हैं, चाची ने दादी को बीमारी में भी बहुत डराया–धमकाया। छुरा चमकाती रहीं, दादी का गला दबाया और नाक और मुँह बन्द करके उनकी साँस भी देर तक रोकी। साँस रुकने से दादी का शरीर गुब्बारे की तरह फूल गया, लेकिन उन्होंने तब भी नहीं बताया कि करधन कहाँ है। एक बार एक महीने तक दादी को अन्न का एक दाना भी नहीं दिया गया। अम्माँ, चाची और बुआ अँधियारी कोठरी की चौखट के पास खड़ी होकर दादी को सुनाकर कहतीं कि अब तो घर की ईंट बेचने तक की नौबत आ गयी है, किसी के पेट में दाना नहीं है, रामे ने पैसा देना बन्द कर दिया है। कोई सोना लेकर स्वर्ग नहीं जा सकता। रास्ते में ही यमदूत छीनकर भैंस के पेट में डाल देते हैं या वह यहीं रह जाता है। ऐसा सोना, जिसके रहते बच्चा भूखा मर जाये, वह गू हो जाता है। दीमक उसे खा जाते हैं...

पता नहीं दादी यह सब सुनती थीं या नहीं। वे हमारी शत्रु थीं। पिताजी कभी–कभी ग़ुस्से में अम्माँ से कहते–"तुम सब लोगों ने माँ जी को दुश्मन बनाया है। मुझे तो डर लगता है कि अगर मैं बूढ़ा और बीमार हो गया तो इस घर में मेरे साथ क्या किया जायेगा। मैं अभी से बता दूँ कि मेरे पास नहीं है कोई धन। अपना ख़ून बेचकर मैं तुम सबको पाल रहा हूँ, मुझ पर रहम करना..." एक दिन पिताजी ने कहा था, "कोई करधन–वरधन नहीं है कहीं। सब गढंत है। मेरे पिता (दादा जी) कहीं रंगून जर्मनी नहीं गये। पता चला है, वे कलकत्ते में ईंट के भट्ठे में काम करते थे। माँ

तो जन्म से तम्बाकू खाती थीं। लत ऐसी चीज़ होती है कि अगर करधन होता तो सोना बेचकर वे तम्बाकू मँगवातीं। सब झूठ है, कोई करधन नहीं है कहीं।"

अम्माँ उस रात देर तक रोती रहीं। फिर वे कई दिनों तक लगातार रोयीं। खाना बनाते, बर्तन धोते, झाड़ू लगाते। वे डर गयी थीं। हमारा घर अगर रेत होने से, ख़त्म होने से बच सकता था तो सिर्फ़ छप्पन तोले के करधन के करिश्मे से ही बच सकता था। पिताजी का शरीर भी जवाब देने लग गया था। अगर करधन न होता तो वर्षों की धूल और गर्द घुन के कीड़े और दीवार की खोखल का जादुई संसार हमारे घर को किसी पुराने मिट्टी के टीले में बदल देते, जिसके भीतर हम सबकी हड्डियाँ दबी होतीं। हमारा भविष्य भी।

उस बार जब पिताजी ने कहा था कि करधन की बात गढ़ंत है तो पच्चीस दिनों तक अम्माँ रोती रहीं, पच्चीस दिनों तक चाची ने दादी के खाने में धूल और मिट्टी डाली, पिताजी उसी रात कलकत्ते लौट गये थे और फिर पच्चीस रातों तक घर में कोयले से भी ज़्यादा काला और गाढ़ा अँधेरा भर गया था। लालटेन भभककर बुझ जाती थी। हवा में किसी मरी हुई चीज़ की सड़ी बदबू हमेशा मौजूद रहती। अम्माँ ने एक दिन मुझे अँधियारी कोठरी में झाँकने के लिए भेजा तो मैंने देखा कि वहाँ दादी की कंजी आँखें जल रही थीं और वह कराह रही थीं। वहाँ पेशाब की गन्ध भरी हुई थी। ड्योढ़ी पर जस्ते का वही तुचका–पिचका भगौना रखा था, जिसमें दाल–भात था और जिस पर चाची मिट्टी और धूल डाल गयी थीं। एक ख़ौफ़नाक युद्ध छिड़ा हुआ था, हमारे घर में। दादी एक तरफ़ थीं और पूरा घर दूसरी तरफ़ था। मैं किधर था, ठीक–ठीक पता नहीं।

काली बिल्ली सारी रात घर में; हर कोने में घूमती। दिन भर छप्पर से घुन के कीड़े लकड़ी का बुरादा नीचे गिराते रहते और घर की हर चीज़ धूल और बुरादे से ढक जाती। हम सोकर

उठते तो चादर पर, हमारे बालों और भौंहों पर बुरादा जमा होता। अम्माँ, बुआ, चाची सब दिन में कई बार झाड़ू लगातीं। आँगन के कोने में धूल, बुरादे और ईंटों के चूरे का ख़ूब ऊँचा ढेर इकट्ठा हो जाता। फिर एक दिन दादा की तस्वीर अम्माँ की कोठरी से अपने आप गिर गयी और सबने डर और ताज्जुब से देखा कि फ्रेम के भीतर दादा का चेहरा नहीं था। वहाँ कई छोटे–बड़े कीड़े थे, उनकी पीठ चमकीले सुनहले रंग की थी। ये तस्वीर की लकड़ी का फ्रेम भी खा चुके थे। अटारी में मैंने देखा कि दादा का लोटा ग़ायब था।

गाँव की औरतें कहतीं कि बुढ़िया को उसके बेटे–बेटी और बहुओं ने रौरव नरक में डाल रखा है। भगवान किसी को ऐसा बुढ़ापा दिखाने के पहले ही उठा ले।

मुझे बहुत पहले की दादी की एक दूसरी स्मृति भी थी। तब हमारे घर में यह लड़ाई इतनी तेज़ नहीं छिड़ी थी और तब दादी भी इतनी बूढ़ी नहीं हुई थीं। उन्होंने एक दिन अपनी थैली से निकालकर मुझे एक काठ का पहियों वाला हाथी दिया था और एक रबर की गेंद। दादी भजन भी गाती थीं, जिसको समझना मुश्किल था : "हाय दित राम...हाय दित राम..."। लेकिन यह स्मृति बहुत दूर की थी। वह आज वाली दादी से नहीं जुड़ती थी। अब दादी मुझको पहचानना भूल चुकी थीं। शायद उन्होंने मुझे भी शत्रु मानकर अपनी स्मृति से बाहर निकाल फेंका था। वे हर किसी को भूल गयी थीं। इस संसार की भाषा भी।

पहले दादी चावल बिल्कुल नहीं खाती थीं। वे उत्तर वाले देश की थीं। दादा के लिए चावल बनता, तब भी वे अपने लिए रोटी अलग से बनाती थीं। लेकिन मैंने जब भी भगौना देखा था, उसमें भात ही देखा था। उनका तम्बाकू भी बन्द हो चुका था। उनकी पसन्द की कोई भी चीज़ अब संसार में नहीं बची थी। अगर कहीं थी भी, तो दादी उसे पा नहीं सकती थीं। युद्ध में सब जायज़ होता है। दादी पर हर हथियार आज़माया जा रहा था। दादी भी

अपने टोने से, अपने शाप से, हमारे घर को ख़त्म करने में लगी थीं। कभी–कभी लगने लगता कि अब दादी की हार हो जायेगी और वे छप्पन तोले का सोने का करधन निकालकर आँगन में फेंक देंगी, इस युद्ध का फ़ैसला हो जायेगा, लेकिन फिर लगने लगता कि दादी तो जीत रही हैं। हमारे घर को भीतर–भीतर से उन्होंने बिल्कुल जर्जर और खोखला कर डाला है। अँधेरा, बिल्ली, हवा, घुन के कीड़े, चूहे, बीमारियाँ और बुरी ख़बरों की उनकी फ़ौज बड़ी मुस्तैदी से अपनी लड़ाई में मशगूल थी। फूफा मर गये थे, चाचा को असमिया कुंजड़िन ने बैल बनाकर खूँटे से बाँध रखा था, पिताजी महीनों घर नहीं आ पाते थे, चाची बाँझ रह गयी थीं, पानी नहीं बरसता था। हमारे चारों खेत बिक चुके थे। पिछवाड़े की आख़िरी ज़मीन गिरवी रखी थी। दादा का पीतल वाला लोटा बेच डाला गया था और उनकी तस्वीर को चमकीले कीड़े खा गये थे। दादी युद्ध जीत रही थीं।

उस दिन शाम को दादी अँधियारी कोठरी के बाहर निकलीं। उन्हें दस दिन से चाची ने खाना नहीं देने दिया था। दादी किसी बीमार, लेकिन चलते–फिरते कंकाल की तरह दिखायी दे रही थीं और उनके शरीर से पेशाब की गन्ध निकल रही थी। वह कूड़े के ढेर पर बैठ गयी थीं, बिना बोरी बिछाये। उनकी खोपड़ी नंगी थी। उस पर बाल नहीं रह गये थे। उसके नीचे एक लम्बी–सी, पतली गर्दन, जिस पर झुर्रियाँ पड़ी हुई थीं। उनकी आँखें गड्ढे में धँसी हुई थीं और वे बाहर की ओर नहीं, अन्दर देखती लग रही थीं।

पतली गर्दन पर रखी दादी की नंगी खोपड़ी काँप रही थी और उनकी आँखों के गड्ढे से पानी निकल रहा था। उनका पूरा शरीर काँप रहा था। हाथ हवा में पत्ते की तरह हिल रहे थे।

मैंने देखा, बुआ उनको देखकर डर गयीं। फिर उन्होंने अम्माँ से कहा, "माँ को लगता है मलेरिया हो गया है। ज्वर में वे काँप रही हैं।" अम्माँ ने भी रसोई की खिड़की से दादी को देखा।

आँगन के कोने में कूड़े के ढेर पर किसी बूढ़े और बीमार गिद्ध की तरह बैठी दादी बुख़ार में गा रही थीं–"हाय दित राम...हाय दित राम..."

चाची ने कहा–"अब बुढ़िया बचेगी नहीं। अकल से काम लो, नहीं तो सब चौपट हो जायेगा। यह आख़िरी मौक़ा है। बुढ़िया ने अगर अब दे दिया, तो दे दिया, वरना समझो यह घर ख़त्म।" मैंने देखा, चाची दादी के पास गयीं। उन्हें कूड़े के ढेर से उठाया–बाँह पकड़कर। दादी की पतली बाँहों में सिर्फ़ हड्डियाँ थीं, जिनके ऊपर बहुत पुरानी, चमकीली पपड़ियों और झुर्रियों से भरी पतली त्वचा चढ़ी हुई थी। वे लगातार गाये जा रही थीं–"हाय दित राम...बिन धजी का पैना डोलत है...बिन धजी का पैना डोलत है...हाय दित राम..."

चाची उनके कान में मुँह सटाकर ज़ोर–ज़ोर से बोल रही थीं–"ओ माँ जी, जेठजी (मेरे पिता) का तार आया है कि वे बहुत बीमार हैं। उनके पेट में डेढ़ सेर की पथरी पड़ गयी है। ऑपरेशन के लिए पैसे नहीं हैं। माँ जी, बता दो करधन कहाँ रखा है, नहीं तो जेठ जी मर जायेंगे।" फिर अम्माँ भी वहाँ आ गयीं। उन्होंने भी दादी को पकड़ लिया था। वे भी दादी के कान में चिल्ला रही थीं..."माँ जी, रामे अब बचेंगे नहीं। मुन्ना को भी बीमारी हो गयी है। वह भी नहीं बचेगा। करधन दे दो।"

लेकिन साफ़ लग रहा था कि दादी इस संसार की भाषा भूल चुकी थीं। उनकी नंगी खोपड़ी हिल रही थी, गड्ढे में धँसी आँखों से पानी निकल रहा था, हाथ सूखे पत्तों की तरह काँप रहे थे और पोपले मुँह से वे लगातार गाये जा रही थीं, "हाय दित राम...हाय दित राम...।" उन्हें सन्निपात हो गया था। वे होश में नहीं थीं।

तभी चाची चिल्लायीं–"बहन जी, ज़रा नीचे देखना। लगता है माँ जी को दस्त लग रहे हैं।" सचमुच दादी के पीछे की मैली धोती दस्त से लिथड़ गयी थी और पीले रंग का मल आँगन में

फैल रहा था। पेशाब की तेज़ गन्ध उनके शरीर से उठ रही थी। पूरा घर मल और पेशाब की बदबू से भर गया था। मुझे उल्टी आ रही थी। दादी का कंकाल दस्त से लिथड़ा बुख़ार में काँप रहा था–"हाय दित राम...हाय दित राम... ।"

बुआ बाल्टी में पानी भरकर लायीं और चाची ने पूरा पानी दादी के सिर पर उँड़ेल दिया। दादी की मटमैली धौती उनके कंकाल से चिपक गयी थी। आँगन में पानी, दस्त और पेशाब का कीचड़ हो गया था। बदबू और तेज़ हो गयी थी। चाची उनके कान में चिल्ला रही थीं–"माँ जी, सुनाई देता है? जेठ जी अब बचेंगे नहीं। मुन्ना भी मर रहा है। अब निकाल दो। दे भी दो। ओ माँ जी..."

दूसरी बाल्टी, तीसरी बाल्टी, फिर चौथी बाल्टी का पानी भी दादी के सिर पर उँड़ेला गया। लगा कि उनके कंकाल का हिलना कुछ थमा है। उनकी गर्दन लुढ़क रही थी। गाना बन्द हो गया था। उन्हें अम्माँ और चाची सँभालती हुई अँधियारी कोठरी में ले गयीं, लेकिन वहाँ किसी से रहा नहीं गया। वहाँ भी दस्त और पेशाब की तेज़ बदबू थी।

चाची ने कहा–"बुढ़िया अपने आप कपड़े बदल लेगी। देखा नहीं बहन जी, उसकी हाड़ में अब भी कितना ज़ोर था। दो जनों के सँभाले नहीं सँभलती थी। बुढ़िया अमर घुट्टी पीकर आयी है, इतनी आसानी से जायेगी नहीं।" बुआ का चेहरा पहली बार मैंने दुखी और स्याह देखा–"मगर मुझको तो इस बार कुछ दूसरी बात लगती है। माँ ने ऐसा कभी नहीं किया था।

उस रात काली बिल्ली नहीं दिखी। लालटेन से ज़्यादा उजाला फूट रहा था। हवा में न तो बदबू थी, न मछलियों के पसीने की बीसर गन्धा–बल्कि एक–दो बार तो मुझे लगा कि उसमें बेले की महक घुली हुई है। वह एक ठीक–ठाक और कागज़ की तरह हल्की रात थी। मुझे ख़ूब गहरी नींद आयी। दीवारों के भीतर का संसार भी आज सो गया था। अम्माँ, बुआ और चाची बातें करती रह गयी थीं और मैं सो गया था।

सवेरे चाची आँगन में दौड़ती हुई आयीं। उनके चेहरे पर हवाइयाँ उड़ रही थीं। आँगन के बीच खड़ी होकर उन्होंने अम्माँ को आवाज़ दी–"बहन जी, जल्दी निकलो। माँ जी नहीं रहीं। मैंने अँधियारी कोठरी झाँक ली।"

अम्माँ बर्तन छोड़कर आँगन में निकल आयीं। उन्होंने चूल्हे में पानी डाल दिया था। फिर बुआ के रोने की आवाज़ उठने लगी। थोड़ी देर बाद वे तीनों एक लय में रो रही थीं। किसी संगीत की तरह। फिर गाँव की औरतें आने लगीं। आँगन भर गया। पूरे घर में औरतों के रोने की आवाज़ भर आयी थी। मैं रो रहा था और चुपके–चुपके यह भी ताड़ रहा था कि इतनी औरतों में से कोई औरत किसी और चीज़ में अपने आपको बदलती है या नहीं। मेरी हिम्मत अँधियारी कोठरी की ओर जाने की नहीं हो रही थी। हालाँकि मैं एक बार चौखट से झाँककर अन्दर देखना चाहता था। क्या पता, अब भी वहाँ दादी की कंजी आँखें जल रही हों और मैं पूछूँ तो वे घुर्राकर बोलें, "हूँ–ऽ ऽ।" मैं जस्ते के उस भगौने को भी एक बार देखना चाहता था, जिसमें दादी को खाना दिया जाता था और जिसमें चाची धूल और मिट्‌टी डाल आती थीं।

दोपहर तक दादी को तालाब के किनारे पर जला दिया गया। उस रात फिर अँधेरा ज़्यादा गहरा नहीं था। केवड़े की महक भी हवा में थी। दीवार के भीतर का अजगर भाप जैसी साँस नहीं छोड़ रहा था। लेकिन मुझे एकाध बार ऐसा भ्रम ज़रूर हुआ था कि वहाँ से दादी के गाने की धीमी और बहुत बारीक़ आवाज़ आ रही थी–"हाय दित राम...हाय दित राम..."

सातवें दिन पिताजी आ गये। चाचा को भी तार दिया गया था। लेकिन न तो उनका जवाब आया, न वे आये। उन्हें तो असमिया कुंजड़िन ने बैल बना रखा था।

जिस दिन दादी का दसों हुआ, उसी शाम पिताजी अँधियारी कोठरी में घुसे थे। दादी की छोटी गठरी में जो चीज़ें थीं, उन्हें

अब पहचाना नहीं जा सकता था। चार–पाँच सूखे हुए काले अमरूदों के साथ एक लकड़ी की काली गेंद भी थी, जो कई वर्ष पहले रबर की रही होगी। एक थैली में काठ का एक छोटा–सा घोड़ा था, पहियों वाला, जो अब कोयले में बदल चुका था। एक पुटली में गुड़ के दो ढेले थे जो मिट्टी हो चुके थे। बाक़ी फटे हुए कपड़े–चिथड़े थे। यह दादी का कुल असबाब था।

चाची ने अँधियारी कोठरी में अच्छी तरह से झाड़ू लगा दी थी। दादी की खाट को तालाब में फेंक दिया गया था, जहाँ से डोम उसे निकालकर ले गया होगा। पिताजी सब्बल से अँधियारी कोठरी का फ़र्श और दीवार खोद रहे थे। अम्माँ लक्ष्मी सहस्त्र स्तोत्र का जाप कर रही थीं, जिससे करधन मिल जाये। बुआ तसले में अँधियारी कोठरी से मिट्टी निकाल–निकालकर बाहर फेंक रही थीं। पिताजी के सब्बल चलाने की आवाज़ लगातार आ रही थी। पूरे घर में अजवायन और धूप जलायी गयी थी। चाची ने मुझे गोद में उठा लिया था–"अब सब ठीक हो जायेगा।"

यानी अब दादी का जादू ख़त्म होने वाला था। दादी मर चुकी थीं और अब हमारी जीत होने वाली थी। अब हमारा घर धूल में नहीं बदलेगा। सारा छप्पर बदल दिया जायेगा। दीवारों के खोखल में सीमेंट–गारा भर दिया जायेगा। चारों खेत वापस लौट आयेंगे। पिताजी मारवाड़ी सेठ की मुनीमी छोड़ देंगे और घर में रहेंगे। पिछवाड़े की ज़मीन फिर हमारी हो जायेगी, चाचा गोहाटी से लौट आयेंगे और असमिया कुंजड़िन हमारे घर का पानी–बर्तन करेगी, खेतों में काम करेगी, मैं स्कूल जाने लगूँगा, अम्माँ की बीमारी ठीक हो जायेगी, हवा में से केवड़े की महक आयेगी और हमारे घर में कई लालटेनें होंगी, टॉर्च भी होगी...

अम्माँ ज़ोर–ज़ोर से पाठ कर रही थीं। बुआ तसले में मिट्टी और ढेले अँधियारी कोठरी से निकाल–निकालकर बाहर फेंक रही थीं। वहाँ पर मिट्टी का ढेर लगता जा रहा था। रात हो रही थी। चाची मेरे पास बैठी हुई थीं। मुझे कब नींद आ गयी, पता नहीं चला।

आधी रात को शोर और रोने–पीटने की आवाज़ों से मेरी नींद अचानक खुली। अम्माँ, बुआ रो रही थीं, ज़ोर–ज़ोर से। लालटेन आँगन के बीच में रखी थी और उसकी मटमैली रोशनी में आँगन के चारों ओर ईंट; ढेले और मिट्टी के ढेर दिखायी दे रहे थे। परली तरफ़ पिताजी का शरीर हिल रहा था। उनके हाथ में कुदाल थी। वे अँधियारी कोठरी का फ़र्श और दीवार खोद चुके थे और अब उस तरफ़ से घर को खोदते हुए आगे बढ़े आ रहे थे। किसी विनाशकारी प्रेत की तरह। 'धप्प...धप्प्' उनकी कुदाल चल रही थी। मैं डर गया। पिताजी को मैंने इस तरह पहले कभी नहीं देखा था। वे मिट्टी और धूल में लिथड़े हुए थे। हर बार उनके गले से हुँकार की आवाज़ निकलती और कुदाल नीचे गिरती।

मैं डर गया था और रोने लगा था। चाची ने धीरे से कहा, "पता नहीं, जेठ जी के दिमाग़ को अचानक क्या हो गया? बुढ़िया ने ज़रूर अँधियारी कोठरी में कोई टोना–टोटका कर रखा था। जब से वे कोठरी से बाहर निकले हैं, उनकी आँखें लाल हैं और दिमाग़ सनक गया है...। हे भगवान, अब तुम्हीं रक्षक हो..."

पिताजी घर को खोदते हुए आगे बढ़ रहे थे। लालटेन भभक रही थी। हवा में किसी मरी हुई चीज़ की सड़ी बदबू थी। दीवार के भीतर के संसार से रहस्यपूर्ण आवाज़ें उठने लगी थीं। वहाँ तेज़ी से खट–पट हो रही थी। कुछ चीज़ें गढ़ी और कुछ तोड़ी जा रही थीं।

मैंने देखा कि छप्पर के घुन के कीड़ों ने इतना बुरादा गिराया था कि मेरी चादर, बाल, भौंहें ढक गयी थीं। चाची, अम्माँ, बुआ सब बुरादे से ढक गये थे। घर के फ़र्श पर धूल और बुरादा जमा होता जा रहा था। लालटेन भभककर बुझ गयी थी और जिधर अँधियारी कोठरी थी, जिधर से पिताजी घर को खोदते हुए आगे बढ़ रहे थे, उधर अँधेरे में दो कंजी आँखें जल रही थीं।

थोड़ी देर बाद काली बिल्ली पूरे घर में घूमने लगी। अम्माँ और बुआ के रोने के साथ बीच–बीच में वह भी विलाप करने लगती थी।

हिन्दुस्तानी इवान दानिसोविच की ज़िन्दगी का एक दिन

पिछले छह वर्षों से उसके पास वही कोट था। पत्तियों जैसे गहरे हरे रंग का, जिस पर बहुत बारीक़ पीली धारियाँ थीं। वे धारियाँ जीवित लगती थीं और जब उसके चेहरे पर कोई भाव नहीं होता था, तो उन धारियों की लड़खड़ाहट, मैलेपन और उदासी से उसकी हालत का पता लगाया जा सकता था।

उसकी आँखें छोटी थीं और मिचमिचाई हुई रहतीं। उनसे वह अक्सर हँसने का भ्रम पैदा कराता। उसका सिर गंजा था। गोल, काशीफल की तरह, कहीं–कहीं से बेडौल और इस चिकने सिर के ज़रिये वह ख़ुशमिज़ाज लग सकता था। उसका पेट ढीला होकर बाहर निकल आया था। पतलून कमर के नीचे तक खिसक जाती थी। वज़न होगा यही कोई 100–110 किलोग्राम।

उसका नाम इवान दानिसोविच नहीं था।

वह मेरठ में पैदा हुआ था और पिछले पच्चीस सालों से दिल्ली में रहता था। मेरठ में ऐसे हज़ारों लोग थे, जो पैदा मेरठ में हुए थे, लेकिन दिल्ली या कलकत्ता या कहीं और रहते थे। लेकिन मेरठ में नहीं रहते थे। वैसे यह बात सिर्फ़ मेरठ के बारे में ही नहीं थी।

वह भारतीय था। जाति वाले कॉलम में कायस्थ लिखता था। वह हिन्दू था। उसके पिता तहसील में अर्जीनवीस थे। कायस्थों का यह पुश्तैनी धन्धा था। अब पच्चीस सालों से वह दिल्ली में

नौकरी कर रहा था। उसने सोल्जेनित्सिन के किसी उपन्यास के बारे में कुछ नहीं सुना था। इसलिए उसे इवान दानिसोविच के बारे में कुछ पता नहीं था।

उसका नाम राम सहाय श्रीवास्तव था। उसने दक्षिण दिल्ली के बैरसराय गाँव में एक दस फुट गुणे बारह फुट का कमरा किराये पर ले रखा था। पच्चीस साल पहले वह इस कमरे में अकेला था इसलिए कमरा बड़ा था। लेकिन पच्चीस सालों के बीतते न बीतते उसमें छह लोग रहने लगे थे इसलिए कमरा बहुत सँकरा हो गया था। कमरे को छोटा बनाने में उसके परिवार का हाथ था।

उसका परिवार यों था–एक बीमार, बहुत बूढ़ी और चिड़चिड़ी गाय जैसी औरत। तीन लड़के, जिनमें से मँझला गूँगा था, उसके बायें हिस्से को लकवा मार गया था। सबसे छोटा हमेशा बीमार रहता था और उसको क्रोनिक डिसेंट्री थी। एक लड़की, जो दो साल पहले जाड़े के दिनों में इसी कमरे में पैदा हुई थी; लेकिन अभी तक न उसके दाँत निकले थे, न वह घुटनों के बल रेंग पाती थी। उसके हाथ और पैर एक जैसे पतले थे। शरीर में सिर था और पेट था, जिन्हें वह उठा नहीं पाती थी इसलिए हमेशा चित लेटी रही थी।

उसकी औरत, जिसका नाम विमला जी था, सुबह–सात बजे धुले कपड़े पहनकर, पाउडर लगाकर, सबके लिए खाना बनाकर एक प्राइवेट टाटपट्टी स्कूल में आया का काम करने जाती थी। स्कूल वहाँ से दस किलोमीटर दूर था और बड़ा लड़का भी उसी के साथ, उसी स्कूल में पढ़ने जाता था। औरत स्कूल में आया थी इसलिए लड़के की फ़ीस वहाँ माफ़ थी।

इवान दानिसोविच या राम सहाय (जो भी कह लें) एक प्राइवेट प्रेस में प्रूफ़रीडर था। साढ़े छह सौ उसे महीने में मिलते थे। यह वेतन नहीं था, दिहाड़ी थी। वह डेली वेजेज़ पर काम करता था। बड़ी मुश्किल से चार साल पहले उसे यह नौकरी

मिली थी, और कहा जा सकता है कि इस नौकरी से वह सन्तुष्ट था, भले ही हर इतवार को छुट्टी होने की वजह से उसकी दिहाड़ी मारी जाती रही हो।

कमरे का किराया पच्चीस साल पहले पच्चीस रुपये था। अब दो सौ रुपये देने पड़ रहे थे। कमरे के बाहर आड़ी दीवार पर नलका था। वहीं नाली थी। उसी जगह बर्तन धुलते थे, कपड़े साफ़ किये जाते थे, पूरा परिवार स्नान करता था और रात–बिरात या दिक–बीमारी में वहीं पेशाब किया जाता था। यह जगह ठीक दरवाज़े के पास थी और हमेशा गीली रहती थी। उसी की वजह से इवान के कमरे की फ़र्श हमेशा गीली रहती थी और कपड़ों में सीलन रही आती थी।

नलका पीतल का था। पच्चीस साल पहले भी उसमें यही चमक थी। वह पच्चीस साल से भी ज़्यादा पुराना रहा होगा और इंग्लैंड का बना होगा। उसे दो–एक बार बेचने की बात इवान सोच चुका था। उसमें से दो बार पानी निकलता था। सुबह दो घण्टे और शाम को डेढ़ घण्टे। घर में तीन बाल्टियाँ थीं। एक काँसे की थी, जो बहुत मज़बूत थी और उसे इवान मेरठ से अपने साथ दिल्ली लाया था। यह बाल्टी उसकी औरत से भी पहले से इस कमरे में थी। दो बाल्टियाँ प्लास्टिक की थीं। उनमें से एक लाल रंगवाली नयी थी और दूसरी, हालाँकि उसका रंग भी लाल ही रहा होगा, पिछले साल सात रुपये में कबाड़ी वाले से ख़रीदी गयी थी। इसमें हैंडिल नहीं था।

घर में बर्तन, दो सन्दूकें, दो चारपाइयाँ और अन्य कई सामान भी थे।

दिशा फराकत के लिए घर में ताला लगाकर सारा परिवार एक साथ बाहर निकलता था। बच्चों के हाथ में शीशियाँ और बड़ों के हाथ में डिब्बे होते थे। सबसे छोटा रोता हुआ औरत की गोद में होता और मँझला, जो गूँगा और लूला था, इवान दानिसोविच का कन्धा पकड़कर रेंगता। लड़की कमरे में ही चित लेटी रहती

थी। वे मुख्य सड़क के किनारे नाली के ऊपर, एक ख़ास जगह पर बैठ जाते। उस जगह का आविष्कार इवान ने दस वर्ष पहले किया था, जब उसकी नयी–नयी शादी हुई थी और औरत को शर्म आती थी। जब सब लोग वहाँ बैठते, तो वहाँ का वातावरण बड़ा पारिवारिक होता।

इवान दानिसोविच या राम सहाय (जो भी कह लें) सोचता बहुत था। जितना ही वह सोचता, उतना ही उसका शरीर निष्क्रिय होता जाता। कभी–कभी वह एक बड़ा–सा मेढक बन जाता और देर तक बिना पलक झपकाये बैठा रहता। उसकी आँखें खुली होतीं, वह सारी ठोस चीज़ों के पार कहीं कुछ देखता और उसका दिमाग़ किसी नींद में डूबी मशीन की तरह चलता रहता। उस तक पहुँचने वाली हर आवाज़ एक गर्म सन्नाटे में बदल जाती और उसकी सारी इन्द्रियाँ अपना काम बन्द कर देतीं। लेकिन उसके गंजे सिर के नीचे लम्बे–चौड़े माथे पर खिंची लकीरों से अन्दाज़ा लगाया जा सकता था कि समाधि में लीन वह बड़ा–सा मेढक यानी इवान दानिसोविच किसी तकलीफ़ और आशंका से गुज़र रहा है।

ऐसी स्थिति में उसे कोंचकर जगाना पड़ता। अगर घर में वह ऐसी मुद्रा अपनाता तो औरत ज़ोरों से बर्तन गिराकर, बच्चे को पीटकर या अदृश्य शत्रुओं को फूहड़ गालियाँ बककर उसे वापस लौटा लाती। इवान दरिद्रता के बावजूद संस्कार और चिन्तन में उच्च कोटि का था। चालू और फूहड़ भाषा से उसकी आत्मा में खरोंच लग जाती। वह पीड़ित होता, गुस्से से काँपता। वह औरत और बच्चों में भी अच्छी भाषा और व्यवहार के संस्कार डालना चाहता था।

इवान को क़द्दू की सब्ज़ी बहुत पसन्द थी। अरहर की दाल भी। क़द्दू बनता तो चावल के साथ वह ड्योढ़ी ख़ुराक खा जाता। औरत इसलिए महीने में एकाध बार ही क़द्दू बनाती। इवान को सबसे ज़्यादा नापसन्द बैंगन थे। औरत बार–बार बैंगन

बनाती, इवान इससे कम खाता और महीना पूरा हो जाता, वरना मुश्किल था। औरत को क्या पसन्द था, कोई नहीं जानता। शायद औरत को भी इसका पता नहीं होगा, लेकिन औरत कई बार इमली ख़रीदकर चटखारे लेते इवान द्वारा देखी गयी थी। इमली पाँच पैसे में ही काफ़ी आती और औरत उसे दाल में भी डाल लेती। कभी–कभी रात में जब औरत इवान से सटी होती तो बतलाती कि उसके गाँव में नदी किनारे इमली के बहुत सारे पेड़ हैं और तालाब की मेंड पर आम के भी। इवान ने उसे कच्चा आम खाते हुए भी देखा था। कच्चे आम के साथ वह नमक और मिर्च भी चाटती।

औरत के शरीर में अब कुछ नहीं बचा था। चेहरे पर नाक निकल आयी थी और गालों की नुकीली हड्डियों ने चेहरे को त्रिभुज बना डाला था। अगर उसके शरीर को पकड़कर हिलाया जाता तो उसमें से ज़रूर खड़–खड़ की बूढ़ी आवाज़ निकलती। इवान ने, जब औरत कभी हँसती, इस लड़खड़ाहट को सुना था। औरत की आँखें पहले कुछ बड़ी थीं, लेकिन अब वे सिर्फ़ देखने के काम आतीं। औरत हमेशा सूखी लकड़ी की तरह चिटकती रहती और उसके जलने से धुएँ और तिनतियों से कमरा भरा रहता। उसकी छाती में अब कुछ नहीं था। दूध उतरता नहीं था। छोटी लड़की अपना भारी–भरकम सिर मुश्किल से उठाकर वहाँ कुछ खोजती फिर थककर और चिढ़कर ज़ोर–ज़ोर से रोने लगती। रात में अक्सर वह पूरा धर सिर पर उठा लेती। औरत उसे सारी रात पीटती और सो नहीं पाती थी। वह स्कूल में बच्चों को भी बहुत मारती थी। उसे देखकर कोई भी कह सकता था कि यह औरत कई वर्षों से लगातार जागती रही है और सो पाने के एक करुण प्रयत्न में संलग्न है।

इवान दानिसोविच अभी तैंतीस साल का ही था, लेकिन उसके सिर के सारे बाल झड़ गये थे, जो बचे थे, वे सफ़ेद थे। हाथ के रोयें और छाती के बाल भी सफ़ेद थे। महीने में एक–दो

बार उसकी गर्दन अकड़ जाती थी और आजू–बाजू देखने के लिए उसे पूरा कँधा घुमाना पड़ता था। उसे स्पोंडिलाइटिस था। जब उसकी गर्दन अकड़ती तो वह जोश से भर उठता था। अपने पूरे शरीर को वह तरह–तरह से मोड़ता, घुमाता, गर्दन को दायें–बायें, ऊपर–नीचे ज़ोर–ज़ोर से झटकता और इस तरह चार–पाँच दिन में वह उसे ठीक कर लेता था। औरत ने उससे कभी उसकी इस हरकत की वजह नहीं पूछी थी। उसने कभी उसे डॉक्टर को दिखलाने के लिए भी नहीं कहा था। इवान ने भी डॉक्टर और अस्पताल को भविष्य के लिए मुल्तवी कर रखा था।

वैसे इवान को एक छोटे–से ऑपरेशन की ज़रूरत तत्काल थी। पिछले साल गर्मियों में किरोसिन की बोतल टूटकर टुकड़े–टुकड़े उसके पैर में चुभ गयी थी। काँच का एक टुकड़ा इवान के दाहिने पैर के अँगूठे से कुछ नीचे, तलवों से ज़रा–सा ऊपर, चुभा ही रह गया था। इवान अपना चमड़े का पुराना जूता इसी काँच की वजह से नहीं पहन पाता था। वह हवाई चप्पल पहनता, जिसकी बद्धी बिना उस काँच को छुए, ऊपर–ऊपर से निकल जाती थी। इवान कभी–कभी सोचता कि मरने के बाद क्या कोई उस काँच के साथ उसके सम्बन्ध के बारे में सोचेगा। और उसकी हड्डियों की राख में क्या कोई उस चमकते हुए नन्हें से टुकड़े को खोजने की कोशिश करेगा?

लेकिन इवान को मँझले के लिए इलाज का सहारा लेना पड़ रहा था। वह ठीक–ठीक इलाज भी नहीं था क्योंकि उसमें न तो पैसे लगते थे और न ही कोई दवा खिलाई जाती थी। विकलांग वर्ष में, उसके घर से कोई तीन किलोमीटर दूर एक कोठी में सामाजिक कार्य करने वाली कुछ अधेड़, ख़ूब गोरी, मोटी और चिकनी औरतों ने किसी विदेशी मदद से एक विकलांग प्रशिक्षण गृह खोल रखा था। इन औरतों को इवान बचपन से जानता था क्योंकि वह उनकी तस्वीरें कैलेंडरों और पत्रिकाओं के विज्ञापनों में देखता था। उनके शरीर में मांस बहुत होता था और उनकी

आँख और होंठ अलग से बनाये हुए लगते। कहना मुश्किल था कि इन अंगों से वे क्या काम लेती होंगी।

हर सुबह एक घण्टे, आठ से नौ तक, इवान मँझले को लेकर वहाँ जाता था। वे औरतें मँझले से कई तरह के कसरत करवातीं, गूँगों की भाषा के ज़रिये ग़ैर–गूँगे लोगों को अपनी बात समझाने का प्रशिक्षण देतीं, लकड़ी और बिजली का कुछ काम सिखातीं। वहाँ मँझले जैसे कई दूसरे लूले, लँगड़े, गूँगे, अन्धे लड़के भी आते थे। मँझला तीन महीने में कुछ–कुछ सीखने लगा था। एक जवान, मोटी और कृत्रिम महिला ने इवान से एक दिन कहा था कि अगर मँझला कुछ और बड़ा हो जाये और कुछ और चीज़ें सीख ले, तो उसको सरकारी सहायता मिल सकती है।

मँझले को प्रशिक्षण गृह से घर तक पहुँचाकर, इवान अपना कोट पहनकर काम पर चला जाता था, जहाँ से वह हफ़्ते में तीन दिन साढ़े सात बजे और तीन दिन नौ बजे रात में लौटता था। मँझले के ज़िम्मे ही दिनभर छोटे और लड़की की देखभाल होती। गूँगा और लूला होने के बावजूद मँझला अच्छी ज़िम्मेदारी निभाता था। लड़कों में वह सबसे गम्भीर और समझदार था। कई बार इवान को लगता कि वह संसार के बारे में सब कुछ जानता है और उसे कोई भी नयी जानकारी दिये जाने पर वह व्यंग्य से भीतर–ही–भीतर हँसता रहता है।

इवान दानिसोविच या रामसहाय (जो भी कह लें) और उसका पूरा परिवार इस तरह से एक साधारण हिन्दुस्तानी परिवार था। हफ़्ते के सातों दिन खाना मिलता था, रहने के लिए कमरा, ओढ़ने–पहनने के लिए कपड़े थे। बच्चे शिक्षा प्राप्त कर रहे थे और पति–पत्नी दोनों रोज़गार से जुड़े थे। इस तरह रामसहाय ग़रीबी की रेखा के नीचे आता था। तो इस तरह था इवान के परिवार का मॉडल।

आज नये साल का पहला दिन था। कड़ाके की ठण्ड थी। सूरज जनवरी के कोहरे और धुन्ध में था। यह नये साल का

कोहरा था। दिल्ली के इतिहास में पिछले कई सालों में ऐसे किसी जाड़े का उल्लेख नहीं था। रात में तापमान चार डिग्री से नीचे हो रहा था। यह सब जानते थे कि हिन्दुस्तान में आज़ादी के बाद के इतिहास में पहली बार प्रधानमन्त्री की हत्या की गयी है, लेकिन इवान और उसका परिवार जानता था कि आज़ादी के बाद इतिहास में इतना कड़ाके का जाड़ा पहली बार पड़ा है।

औरत बड़े के साथ स्कूल जा चुकी थी। नलके के नीचे थोड़े–से बर्तन रखे हुए थे। इन बर्तनों में पिछली रात का जूठन था, जिन्हें सुबह इवान धोता था क्योंकि आजकल रात में औरत छोटे और लड़की के लिए ऊन के कपड़े बुन रही थी। हालाँकि औरत को पता था कि इसके बावजूद लड़की के सिर पर बाल नहीं उगेंगे और उसे रेंगने की ताक़त नहीं मिल पायेगी या इसके बावजूद छोटे की क्रानिक डिसेंट्री ख़त्म नहीं होगी। फिर भी कपड़ा बुनना बच्चों की रक्षा का काम था, जो वह कर रही थी।

इवान ने नल की टोंटी खोली तो उसमें पानी नहीं आ रहा था। दो बाल्टियाँ बिल्कुल ख़ाली थीं और तीसरी में मुश्किल से पाँच–छह गिलास पानी पेंदे में दिख रहा था, जो दिनभर बच्चों के पीने के लिए भी कम था।

इवान की आँख आज देर से खुली थी। रात में बच्चे देर तक जगे रह गये थे। छोटी लड़की तो आधी रात तक रोती रही थी। औरत की छाती ने उसे एक बार फिर धोखा दिया था। लड़की के सो जाने के बाद उसने आने वाले साल की अगवानी में औरत से प्यार करने की कोशिश की थी। औरत थकी हुई थी, नींद में बार–बार जा रही थी और इवान उसकी हड्डियों से अपने लिए संगीत पैदा करने की कोशिश करता हुआ अन्त में थककर खुद नींद में चला गया था।

लड़की चित लेटी थी। उसका भारी और बड़ा सिर किसी स्वप्न में हिल रहा था। बहुत धीरे–धीरे। मँझला प्रशिक्षण गृह जाने के लिए तैयार बैठा था और एक कपड़े के टुकड़े से छोटे

को बार–बार पोंछ रहा था। छोटे को आज दस्त ज़्यादा लग रहा था। पानी नहीं था। इवान के दिशा–मैदान जाने के लिए भी पानी नहीं था। डब्बा ख़ाली रखा था वरना औरत सुबह–सुबह सारे डब्बों और शीशियों–बोतलों को भरकर रखती थी।

इवान ने सोचा चाय बना ले। मँझले को भी पिला दें। कमरे में हल्का अँधेरा था। इतना अँधेरा, जिसमें सारी चीज़ें सिर्फ़ अपने भीतर के उजाले से चमकती हैं। सूरज कोहरे और बादलों में था। कमरे में साठ वोल्ट का एक बल्ब था, लेकिन इवान ने देखा कि स्विच पहले से ही दबा हुआ था और बल्ब जल नहीं रहा था। इसका मतलब बिजली आज नहीं है।

इवान ने स्टोव को छुआ तो गूँगा डरावनी आवाज़ निकालकर हाथ हिलाने लगा, जैसे कोई मन्त्र पढ़ रहा हो। यह कमरे के अँधेरे में उभरती गाढ़े कत्थई रंग की करुण आवाज़ थी। स्टोव के बगल में उसका पिन पड़ा हुआ था। इवान ने देखा कि पिन टूटकर स्टोव में फँसा रह गया था और सिर्फ़ उसका टिन का हत्था फ़र्श पर पड़ा हुआ था। कोने में निगाह गयी तो वह ख़ाली था। औरत उसी जगह पर सुबह रोटियाँ बनाकर रख जाती थी। मँझला क्या खायेगा, इवान ने सोचा। मँझले को भूख बहुत लगती थी, वह खाता बहुत था और ज़्यादा भूख लगने पर उसका पूरा शरीर बुख़ार की तरह काँपने लगता था।

इवान मँझले को बाहर निकलने के लिए कहकर ताला ढूँढ़ने लगा। एक तो कमरे में अँधेरा था, फिर ताला अपनी निश्चित जगह पर नहीं था। मँझला घिसटकर बाहर निकल चुका था और दीवार पकड़कर खड़ा होने की कोशिश कर रहा था। यह उसका एक खेल था, जिसे वह अकेला होने पर अक्सर खेलने लगता था। जब वह दीवार के सहारे पूरा खड़ा हो जाता, तो 'गों–गों' की आवाज़ निकालकर उछलता और दौड़ने की कोशिश करता। एक झोंक में वह जल्दी–जल्दी सात–आठ क़दम तक चल पाता था फिर गिर जाता था। गिरने में भी उसने तीन–चार

ख़ास शैलियों का आविष्कार कर लिया था। अगर सबसे कठिन शैली में गिरने में सफल होता तो वह एक विलक्षण हँसी की आवाज़ निकालता। अपने बेकार हो चुके दाहिने हाथ और टाँगों के कारण ही वह ऐसा खेल खेल पाता था, इसलिए अपनी इस उपलब्धि पर वह गर्व अनुभव करता था। उसे पता था कि बड़ा ऐसा खेल नहीं खेल सकता।

लेकिन इवान को ताला नहीं मिल रहा था। उसने दीवार में लगी सारी थालियाँ, कटोरियाँ हटाकर देख डालीं। शादीवारे टिन की सन्दूक के पीछे की सँध में देखा। खाट पर, जिस पर लड़की सोयी हुई थी, उसके नीचे और ऊपर बिछौनों को झाड़कर देखा। बाल्टियों में झाँक लिया। आला, जिसमें औरत की कँघी, एक आईना, पाउडर, बिन्दी और ऊन की सलाइयाँ रखी हुई थीं, उसकी भी उसने तलाशी ली। वहाँ पचास पैसे का एक सिक्का उसे ज़रूर मिला, जिसे उसने अपनी जेब में डाल लिया। उसका जूता, जिसे वह पैर के काँच के कारण पहन नहीं पाता था और जो खाट के नीचे पड़ा रहता था, उसे भी उसने खँगाल डाला। उसमें से बड़े का कंचा निकलकर गिरा और एक बड़ी–सी भूरी मकड़ी गर्द के साथ फ़र्श पर चलने लगी।

ताले को खोजते देर हो रही थी। पेट में मरोड़ उठ रही थी। पानी न होने की वजह से वह सुबह मेदान नहीं जा पाया था। इवान के दिमाग़ की नसों में बेचैनी, उकताहट और गुस्से ने सरकना शुरू कर दिया। बाहर मँझला बार–बार गिर रहा था और 'गों–गों' कर रहा था। उसकी आवाज़ें सीधे इवान के मस्तिष्क में प्रवेश कर रही थीं।

तभी इवान के पैर से ताला टकराया। छोटे लड़के की दस्त पोंछकर जिस लत्ते को मँझले ने फ़र्श पर फेंका था, उसी के नीचे ताला था, इवान ने कमरे के दरवाज़े पर ताला लगाया। लड़की अभी भी अन्दर, खाट पर चित लेटी थी और उसका बड़ा–सा सिर स्वप्न में धीरे–धीरे काँप रहा था। वह नींद में न होती तब

भी विरोध न करती क्योंकि हर सुबह डेढ़ घण्टे ताले में बन्द रहने की उसकी आदत पड़ गयी थी। छोटा भी अभ्यस्त था।

मँझले के फेंके हुए लत्ते के कारण ही ताला गुमा था। जबकि मँझला अपने खेल में मगन था। इवान ने उसे गिरते हुए देखकर ज़ोरों से डाँटा–"तोड़ ले हरामी, तोड़ ले दूसरा भी हाथ–पैर..." मँझला सहम गया और इस बार उसने गिरते हुए कोई आवाज़ नहीं निकाली। वह किसी रेत के बोरे की तरह 'धप्प' से गिरा और अपने होंठ भींचकर आवाज़ को भीतर ही मार डाला। फिर सरककर दीवार की ओर आने लगा। इवान ने उसकी बाँह पकड़कर उसे उठाया। मँझला धचक–धचक कर इवान के सहारे चलने लगा और बाहर सड़क पर आ गया।

बस स्टॉप पर ख़ासी भीड़ इकट्ठा थी। इसका मतलब यह था कि बस बहुत देर से नहीं आयी थी और अब अगर बस आयी भी तो उसमें चढ़ने वाले इतने लोग होंगे कि मँझले को बस में चढ़ा पाना मुश्किल होगा।

इवान की कनपटी चिलक रही थी। अपने दिल के धड़कने की गर्म आवाज़ वह कानों में अनुभव कर रहा था। वह उन्हें सुन सकता था। पेट में दर्द था। अचानक उसे पता चला कि उसकी गर्दन में हल्का–सा दर्द है। वही परिचित स्पोंडिलाइटिस का दर्द। यानी जकड़न का पहला चरण प्रारम्भ। उसे मालूम था कि आज जब वह प्रेस से दिनभर प्रूफ़रीडिंग करके लौटेगा, तब तक गर्दन काठ की हो चुकी होगी और आने वाले पाँच–सात दिन उसे दायें–बायें देखने के लिए कठोर पीड़ा से गुज़रना पड़ेगा। इवान को बचपन में जब कभी चोट लगती थी, वह सोचता था कि कितना मज़ेदार होता अगर आदमी को पूरा शरीर लोहे का होता, लेकिन स्पोंडिलाइटिस के बाद इवान को लगने लगा था कि लोहे, पत्थर या लकड़ी जैसी चीज़ें, जो बहुत ठोस और मज़बूत लगती हैं और जिन्हें आदमी की गर्दन या कलाइयों की तरह बार–बार मोड़ा और घुमाया नहीं जा सकता, उनके भीतर

कितनी तकलीफ़ रहती होगी। शायद अपनी पीड़ा की वजह से ही वे इतनी ठोस और जड़ नज़र आती हैं।

आठ बज रहे थे। बीस मिनट से ऊपर हो रहा था, बस का पता नहीं था। आज दफ़्तर में काम भी ज़्यादा था। उस प्रेस से जो अख़बार निकलता था आज उस 'चुनाव परिणाम विशेषांक' निकलना था। विजयी पार्टी की ऐतिहासिक जीत हुई थी। अख़बार के आठ पृष्ठ अतिरिक्त छपने थे। जब से चुनाव शुरू हुए थे, इवान के सिर पर गैलियों का बोझ बढ़ गया था। आज दफ़्तर पहुँचना ज़रूरी था।

सवा आठ बजे बस आयी। पहले से ही इतनी ठसाठस थी कि लोग चमगादड़ों की तरह फुटबोर्ड पर डण्डा पकड़कर झूल रहे थे। चमगादड़ों के बारे में इवान ने सुना था कि वे मुँह से ही मलत्याग भी करते हैं। उसने आश्चर्य से देखा कि बस स्टॉप में खड़ी आधी से ज़्यादा भीड़ उसमें समाकर ग़ायब हो गयी। मँझले के साथ उसमें चढ़ना मुश्किल था। इवान ने वह बस छोड़ दी।

यह तीसरी बस थी, जिसमें इवान मँझले के साथ चढ़ गया। आधी से ज़्यादा ख़ाली थी। जब प्रशिक्षण गृह वाले स्टॉप पर इवान दानिसोविच या रामसहाय (जो भी कह लें) मँझले को लेकर उतरा तो साढ़े आठ से दस मिनट ऊपर हो रहे थे। इवान ने मँझले से ज़ोर से कहा कि वह आज मैडम को बोलकर आधे घण्टे में वहाँ से निकल आये।

लेकिन प्रशिक्षण गृह के फाटक पर बड़ा–सा पीतल का ताला लटक रहा था। आज वह बन्द था और मोटी अधेड़ गोरी औरतें अदृश्य थीं। इवान के पैर में एक गिट्टी चुभी, हवाई चप्पल के फीते ने पैर के काँच को छूकर जीवित किया। इवान का चेहरा इन छोटी दुर्घटनाओं से टेढ़ा हो गया। उसे सुबह ही इसका अन्दाज़ा लगा लेना चाहिए था कि आज प्रशिक्षण गृह बन्द होगा। बस के साठ पैसे ठुक गये।

मँझला मुँह में उँगली डालकर 'गिल्ल–गिल्ल' कर रहा था।

इसको भूख लग आयी है। दूसरे दिन अब तक वह चार रोटियाँ खा चुका होता था। इवान की जेब में एक रुपया तीस पैसे थे। वापस घर पर मँझले को छोड़कर दफ़्तर भी जाना था। औरत आज गुस्से में तीनों बच्चों की ख़ाली आँतों को उसके सिर पर रख गयी थी। इवान दानिसोविच का सिर घूम रहा था।

इवान को औरत पर गुस्सा आया। जब जानती थी कि आज स्टोव नहीं जला, खाना नहीं बना तो दो–एक रुपये ज़्यादा रख देने से क्या बिगड़ता था? वह मँझले, छोटे और लड़की को क्या खिलाये? स्टोव से पिन का टुकड़ा निकलवाने में भी एक–डेढ़ रुपये तो लग ही जायेंगे। औरत हमेशा बस के किराये का पैसा गिनकर रखती थी। जबकि इवान बीड़ी भी पीता था। दस सालों में औरत ने कभी भी नहीं पूछा था कि वह बीड़ी कहाँ से पीता है? और बच्चों के लिए कभी–कभी टॉफ़ी कहाँ से लाता है?

इवान दानिसोविच, जो साधारण हिन्दुस्तानी था और जिसने सोल्जेनित्सिन की किसी भी कहानी के बारे में कुछ नहीं सुना था, अपने बाल नोच रहा था। उसने मँझले को आँखें लाल करके घूरा, जिसका मतलब था–"कृपया मुझे मत खा जाना, हरामी। मेरे कलेजे को तो छोड़ दे। मैं कहाँ से तुझे खिलाऊँ? अगर मैं आज प्रेस नहीं पहुँचा तो फोरमैन या इंचार्ज मुझे रास्ता दिखा देगा। तुझे पता नहीं, आज से नये साल का नया दिन शुरू हुआ है और एक पार्टी को अपार बहुमत मिला है। ज़रा–सा सब्र कर।"

इवान ने तय किया कि आज जब वह प्रेस से लौटकर आयेगा तो औरत को गम्भीरता और धैर्य के साथ समझायेगा कि अगर उसकी जेब में दो–चार रुपये दीगर पड़े रहें तो वे मौक़े–बे–मौक़े काम आ सकते हैं मान लो किसी दिन एक्सीडेंट ही हो जाये और अस्पताल के इमरजेंसी वार्ड तक जाना पड़े, तो कम–से–कम ऑटोरिक्शा के किराये के पैसे तो जेब में होने चाहिए। क्योंकि एक्सीडेंट हो जाने के बाद आदमी अमूमन बस लेकर अस्पताल जाने लायक़ नहीं रहता। उसने तय किया कि

औरत से वह कहेगा कि वह सड़क के किनारे कटी हुई टाँग और बहते हुए ख़ून के साथ इवान के धड़ की कल्पना करे और पसीज जाये। वह औरत के निर्जीव और कठोर हो चुके चेहरे पर कोई तरल द्रव निकाल लाने की उम्मीद कर रहा था। लेकिन वह उतना ही निराश भी था।

वह बीमार, बूढ़ी, दुबली, लकड़ी जैसी, औरत, जिसके शरीर में अब सिर्फ़ हड्डियाँ थीं, जो दस सालों से किसी क्रूर जादू से छह पेटों में अन्न डाल रही थी, जो एक बार ठीक से सो पाने के लिए संघर्ष में संलग्न थी, जिसकी चिड़चिड़ाहट और कर्कशता पूरे इवान परिवार के ऊपर टूटती रोज़–रोज़ की विपत्तियों के ख़िलाफ़ एक दारुण और क्रूर प्रतिरोध थी–वह औरत इस समय इवान दानिसोविच के दिमाग़ की सबसे नाज़ुक नस के भीतर बैठकर वहाँ सलाइयाँ चुभा रही थी और छोटी लड़की को भद्दी–भद्दी फूहड़ गालियाँ बक कर उसके भारी सिर पर घूँसे मार रही थी। इवान दानिसोविच की आँखों में आँसू भर आये और वह दर्द से काँपने लगा। उसकी गर्दन दुख रही थी, पेट में मरोड़ था और सिर में हल्का–हल्का दर्द शुरू था। माथे से आँच निकल रही थी और मँझला मुँह में उँगली डालकर 'गिल्ल–गिल्ल' कर रहा था, जिसका मतलब था कि उसे भूख लग आयी है।

इवान ने कड़ककर कहा, जैसे किसी प्रेत को भगा रहा हो– "चल पहले घर पर, फिर तेरी रोटी का जुगाड़ करता हूँ। यहाँ सड़क पर तमाशा मत करियो समझे, नहीं तो यहीं खोदकर गाड़ दूँगा।" शायद इवान का यह वाक्य मँझले के लिए नहीं, उसकी भूख के लिए था, जो बुख़ार की तरह मँझले के शरीर को जकड़ लेने वाली थी। और जिसमें मँझले का समूचा अपाहिज शरीर काँपने वाला था।

मँझला रोने लगा। उसके मुँह से थूक के बुल्ले फूट रहे थे।

घर लौटने वाले बस स्टॉप पर कोई नहीं था। उधर से वैसे भी बस खाली आती थी और आसानी से बैठने को जगह मिल

जाती थी। मँझला रोता रहा, उसके बुल्ले बनते रहे और बाहर हवा में अकेले फूटते रहे।

इवान का सोचना शुरू हो गया था। यह सोचना किसी गर्म लू की तरह था, जो उसके दिमाग़ से शुरू होकर सारी नसों में लगातार बहने लगती थी। वह मेढक बन चुका था। एक बड़ा–सा, अपने आप में डूबा हुआ और किसी अपरिचित अदृश्य भाषा में सोचता हुआ। वह बड़ा–सा मेढक बस की रेलिंग पर टिका हुआ था और उसमें कोई भी हलचल नहीं थी। आँखें कंचे की तरह खुली थीं और अगर उन पर रेत डाल दिया जाता या पानी फेंका जाता, तब भी उसकी पलकें न झपकतीं। उसने एक हाथ से मँझले की बाँह थाम रखी थी और दूसरे से पैंट की जेब के सिक्के दबोच रखे थे और यह सब कुछ स्थिर था, जड़। पत्थर की तरह। जबकि सारी दुनिया में स्पन्दन था, हलचल थी। हवा चल रही थी और सड़क पर लोग आ–जा रहे थे।

इवान दानिसोविच अचानक चौंककर होश में आया। उसे पता लगा कि वह मँझले के साथ एक घण्टे से बस स्टॉप पर खड़ा है और उस स्टॉप पर न तो अभी तक कोई आदमी आया है और न ही कोई बस आयी है। वह नींद से नहीं, एक बहुत ही तकलीफ़देह, तनाव से भरी, आँच में तपती मूर्च्छा से जागा था– जो अक्सर उसे अपने पंजों में दबोचती थी। उसके बाल, जो तैंतीस साल में ही झड़ गये थे और सफ़ेद थे, उसके माथे पर जो आड़ी–तिरछी सैकड़ों झुर्रियाँ बन गयी थीं, उसकी गर्दन जो स्पोंडिलाइटिस में अकड़ जाती थी और उसकी नींद जो कई–कई रातों तक उसकी आँखों को सिर्फ़ धुआँ देकर जलाती थी–इसी मूर्च्छा की देनें थीं। इस मूर्च्छा में हल्के नीले–भूरे रंग का अन्धकार होता था, जिसमें मैले–पीले रंग के चमगादड़ों जैसे धब्बे उड़ते थे। इस अँधेरे में उसे अपने बचपन के कई दृश्य दिखायी पड़ते थे और वहाँ औरत छोटी लड़की को नींद में पीटती हुई, बुख़ार में भी नहाती और बर्तन धोती हुई बैठी रहती थी।

इवान दानिसोविच या रामसहाय (जो भी कह लें) मँझले को अपने बगल से सटाकर उसके सिर पर हाथ फेरता हुआ उसे चुप करा रहा था। उसकी हथेलियाँ पराजय में काँप रही थीं। जबकि मँझला काफ़ी देर पहले चुप हो चुका था और 'गिल्ल–गिल्ल' नहीं कर रहा था। यानी इवान की हालत देखकर वह डर गया था और कुछ देर के लिए उसकी भूख मर गयी थी। वह गूँगा था इसलिए बोल तो नहीं सकता था, लेकिन उसने अपनी आँखें इवान की ओर फाड़ कर अपना दाहिना हाथ ज़ोरों से जो गोल–गोल घुमाया, उसका अर्थ यह था कि "जल्दी घर चलो। वहाँ छोटा अब तक अपने दस्त में पूरी तरह से भीग चुका होगा और लड़की जागकर दूध के लिए रो रही होगी।"

इवान ने मँझले द्वारा न बोले गये इस वाक्य को सुना और बेचैन हो गया। बस का लेकिन कहीं पता नहीं था। सामने से पके बालों वाला बूढ़ा सफ़ेद निकर, सफ़ेद जूता, सफ़ेद बनियान में छड़ी लेकर क़दमताल करता हुआ दौड़ता चला आ रहा था। वह पास की ही किसी कोठी में रहता था, बड़ा अफ़सर था, अब रिटायर हो गया था और रोज़ सवेरे इवान को वहाँ दौड़ते हुए दिखता था।

इवान को देखकर वह रुका। दिल्ली में किसी का इतना दिखना ही प्रगाढ़ परिचय होता है। बूढ़े ने छड़ी हिलायी। दौड़ने के कारण उसका दम फूल गया था और वह हाँफ रहा था। उसकी छड़ी भी हाँफ रही थी। बूढ़े ने इवान से कहा–"आज इधर बस नहीं आयेगी। यह रूट बन्द है। बोट क्लब में नये पी.एम. एड्रेस करेंगे इसलिए उधर से आने वाली बसें रद्द हैं। बारह बजे के बाद ट्रैफिक खुलेगा।" बूढ़ा मुस्कुराया और फिर क़दमताल करता हुआ दौड़ गया। इवान को लगा कि बूढ़ा अतीत की ओर दौड़ रहा है और अपने सफ़ेद कपड़ों और छड़ी के साथ वह वहाँ ग़ायब हो जायेगा। उसके मन में सहानुभूति पैदा हुई। बूढ़ा जिस तरह से दौड़ रहा था, उससे लगता था कि वह भविष्य में किसी

जगह बैठी हुई अपनी मौत को डरा कर दूर भगा देना चाहता है। उसका दौड़ना मृत्यु के ख़िलाफ़ एक तकलीफ़देह लेकिन निरर्थक विरोध था।

इवान दानिसोविच के पूरे शरीर की शक्ति चुक गयी थी और भीतर जो निर्बल ख़ालीपन पैदा हुआ था, उसमें मँझले के लिए, उसकी भूख के लिए और उसकी भाषा के लिए प्यार भरने लगा था। लेकिन उसके सामने अँधेरा था और कोई उपाय नहीं था। जेब में सिर्फ़ एक रुपया तीस पैसे थे। यह आने वाले साल का पहला दिन था, जो इवान की ज़िन्दगी के दूसरे दिनों से बहुत अलग नहीं था। लेकिन पहला ही दिन ऐसा हो गया था, इसलिए इसका सामना कर पाने में इवान को अपनी सारी ताक़त ख़र्च करनी पड़ रही थी।

बस नहीं आने वाली थी। मँझले के साथ तीन किलोमीटर तक पैदल चलकर घर तक पहुँचा नहीं जा सकता था। ऑटोरिक्शा किया नहीं जा सकता था। सवाल ही नहीं था। इवान के साथ मँझला था, जो उसका लूला और गूँगा बेटा था और जिसे भूख बुख़ार की तरह आती थी, जिसमें उसका पूरा शरीर सूखे पत्ते की तरह काँपता था। उधर तीन किलोमीटर दूर इवान का घर भी इस वक़्त उसके दिमाग़ में था, जहाँ छोटा अब तक अपनी दस्त में पूरा लिथड़ गया था और लड़की का बड़ा–सा, भारी सिर पसीने में डूबा हुआ, हिल रहा था। वह भूख से चिल्ला रही थी। उसके सींक जैसे हाथ–पैर उसका सिर और धड़ नहीं उठा पाते थे इसलिए सिर्फ़ आवाज़ थी, जिसके ज़रिये वह अपनी मदद कर पाती थी।

इवान डर गया और बेचैन हो उठा।

बस स्टॉप के ठीक सामने, जहाँ इवान दानिसोविच मँझले के साथ खड़ा था, सड़क के पार, सरकारी अस्पताल था। प्राथमिक स्वास्थ्य केन्द्र। अस्पताल सुनसान था। वहाँ मरीज़ों की क़तार नहीं थी। जितने लोग दिखायी दे रहे थे वे मरीज़ नहीं लगते

थे। शायद इस अस्पताल में स्वस्थ लोगों का इलाज होता था। यह भी हो सकता है कि छोटा और स्थानीय होने के कारण वह मशहूर न हो पाया हो या बीमार लोग उस पर विश्वास न रखते हों। इतना तय था कि वह वहाँ था। सड़क के पार, बस स्टॉप के ठीक सामने।

इवान ने मँझले की बाँह थाम ली और सड़क पार करने लगा। मँझला धचक–धचक कर उसके कन्धे पर झूलता हुआ चल रहा था। वह कुछ समझ नहीं पा रहा था, लेकिन उसने यह बात महसूस की थी कि उसके पिता ने यानी इवान दानिसोविच ने, कोई उपाय खोजा है। वह उत्साह में और उत्सुकता में 'गों–गों' कर रहा था। यह एक ऐसी धीमी और निरन्तर आवाज़ थी, जो बिल्लियों के शरीर से उनको सहलाने और प्यार करने पर पैदा होती है। इवान ने मँझले के सिर पर एक बार फिर देर तक हाथ फेरा, उसकी आँख से आँसू छलके फिर उसने मँझले से कहा–"तू यहीं बैठ जा बेटे! इधर छाँह है, पेड़ की।" यह अस्पताल के गेट के सामने की जगह थी। मँझला वहाँ बैठ गया था।

इवान ने साठ पैसे की पचास ग्राम भुनी हुई मूँगफली ख़रीदी और सत्तर पैसे की गुड़ मूँगफली की मीठी पट्टी ली। उसने इसे मँझले के सामने रखा और अस्पताल में घुस गया। उसकी जेब अब बिल्कुल ख़ाली थी।

मँझला किसी भीख माँगने वाले लड़के की तरह अस्पताल के सामने बैठा था और इस साल की पहली मूँगफली खा रहा था।

इवान को डॉक्टर ने एक फार्म भरने को दिया और पूछा कि "आप अकेले ही, अपनी मर्जी से यहाँ आये हैं या कोई आपको लेकर आया है?" इवान ने कहा कि वह अपनी इच्छा से ही यहाँ आया है। डॉक्टर ने कहा कि "नियम यह है कि जो आदमी लेकर आता है उसे भी बीस रुपये कमीशन के मिलते हैं।" इवान ने डॉक्टर से पूछा कि "क्या मैं इसमें अपने लड़के का नाम भर दूँ?" डॉक्टर दयापूर्वक हँसने लगा और मुंडी हिलायी। लेकिन

इवान नहीं कह सका कि "आप बहुत अच्छे हैं, शुक्रिया।" वह चुप ही रहा।

वह मेज़ बहुत गन्दी थी और उस पर गर्द जमी थी, जिस पर इवान को लेटना था। चपरासी ने, जो इवान से पाँच रुपये की बात तय कर चुका था, मेज़ साफ़ की और इवान दानिसोविच को उसके ऊपर लिटा दिया।

इवान को अधिक दर्द और परेशानी नहीं हुई। पन्द्रह मिनट में ही वह निपट गया। डॉक्टर से मिलने कोई लड़की बाहर आकर बैठ गयी थी इसलिए वह और जल्दी–जल्दी ऑपरेशन निपटाना चाहता था। इवान डरा भी क्योंकि एक बार जल्दी में डॉक्टर ने स्टिचर की जगह कैंची उठा ली थी। डॉक्टर जवान था और बहुत ही ख़ूबसूरत था। उसके बाल और मूँछें स्वर्गलोक जैसी थीं। उसने कपड़े बहुत साफ़ और क़ीमती पहन रखे थे।

"आप कभी नहाते नहीं हैं, क्या?" डॉक्टर ने पूछा तो इवान ने जवाब दिया–"टाइम ही कहाँ मिल पाता है, सर?" और हँसने लगा। डॉक्टर भी हँसा, खिड़की के काँच के पार बैठी लड़की की गर्दन की ओर देखा और बोला–"हाँ, हाँ, आप ठीक ही बोलते हैं। टाइम भी तो कहाँ मिलता है आजकल। ख़ैर चलिए, बड़ी जल्दी आपका ऑपरेशन निपट गया। कई पेशेंट्स के साथ तो बड़ी दिक़्क़त आती है।" डॉक्टर ने बाहर निकलते–निकलते कहा–"बस एक हफ़्ता आपको ज़रा केयर करनी होगी। कोई ताक़त वाला, बोझ उठाने वाला काम मत करना–फिर तो ठीक हो जायेगा।"

चपरासी और डॉक्टर ने सहारा देकर इवान दानिसोविच को मेज़ से नीचे उतारकर खड़ा कर दिया था। इवान को कमज़ोरी महसूस हो रही थी। जहाँ ऑपरेशन हुआ था, वहाँ हल्की–सी चिनचिनाहट थी और दर्द थी। वह सुबह से मैदान नहीं गया था इसलिए पेट में मरोड़ और जलन थी। सिर में दर्द था। इस समय ग्यारह बज रहे थे और दफ़्तर के लिए आख़िरकार देर हो ही चुकी थी।

"आप पहली मंज़िल के काउंटर पर चले जाइये। यह कागज़ दिखाकर रुपये और कम्बल ले लीजिए। कम्बल न लेना हो तो साठ रुपये आपको और मिल जायेंगे"—डॉक्टर ने कहा। जब इवान कागज़ लेकर जाने लगा तो डॉक्टर ने चपरासी से कहा कि वह पेशेंट को ख़ुराक दे दे। चपरासी ने दो उबले अण्डे, दो केले और एक गिलास दूध इवान को लाकर दिया। इवान ने अण्डे और केले रख लिए और दूध पीने लगा।

दूध में क्लोरीन की तेज़ गन्ध आ रही थी और उसमें पानी बहुत मिला हुआ था। गिलास प्लास्टिक का था, जिसका नीला रंग उड़ते—उड़ते मटैला सफ़ेद बचा था। दूध पेट में गया तो मरोड़ और तेज़ हो गयी और इवान को मितली—सी आने लगी। उसके सिर में दर्द बढ़ रहा था। चपरासी ने एक कागज़ के लिफ़ाफ़े में उसके लिए दवाइयाँ लाकर दीं। हफ़्ते भर के लिए।

इवान के साथ चपरासी भी पहली मंज़िल के काउंटर तक गया। उसे पाँच रुपये बख़्शीश के लेने थे। काउंटर पर कोई नहीं था। सीढ़ियाँ चढ़ने के कारण इवान का दर्द बढ़ रहा था और पेट में अस्पताल के दूध की वजह से मितली और मरोड़ पैदा हो रही थी। उसे मँझले की चिन्ता थी जो अस्पताल के बाहर अकेला बैठा था। इवान बेंच पर बैठ गया था और बड़ी मुश्किल से अपनी आँखें खोलकर चारों ओर देखा पा रहा था। चपरासी ने उसे देखा और कहा कि वह काउंटर वाले बाबू को ढूँढकर जल्दी से आता है। वह आराम करे, क्योंकि उसकी तबीयत कुछ ठीक नहीं दिख रही है।

इवान की आँखें मुँद गयी थीं। वह फिर उसी मूर्च्छा के पंजे में था। हलका नीले रंग का अँधेरा, जिसमें पीले रंग के तैरते हुए धब्बे होते थे। इवान ने देखा कि वह अपने गाँव के खेत में अपने बाप का खाना लेकर खड़ा है और बाप खाना खाने से पहले अँगोछे से अपना मुँह—हाथ पोंछ रहा है। फिर इवान ने अपने गाँव का वह स्कूल देखा, जिसमें वह पढ़ा करता था।

लेकिन तभी उसकी औरत वहाँ आकर छोटी लड़की को पीटने लगी और भद्दी–भद्दी गालियाँ बकने लगी। इवान का चेहरा दर्द से टेढ़ा हो गया। उसे अस्पताल के गेट के सामने बैठा हुआ मँझला दिखायी पड़ा, जिसकी मूँगफली ख़त्म हो रही थीं। और वह अब आख़िरी मूँगफली फोड़ रहा था। मँझला दाँतों में दबाकर फिर दाहिने हाथ में मसलकर दाने निकालता था। फिर उसे लड़की का बड़ा–सा सिर और बड़ा होता दिखने लगा, गुब्बारे की तरह और अचानक फूट गया।

इवान घबरा गया। उसकी आँखें खुल गयीं। चपरासी काउंटर वाले आदमी को ले आया था और इवान से पूछ रहा था कि उसे कम्बल लेना है या उसके बदले में चौवन रुपये लेने हैं।

इवान दानिसोविच काउंटर तक गया। उसने पावती वाले काग़ज़ों पर दस्तख़त किया। कम्बल उसने नहीं लिया। बीस रुपये कमीशन वाले भी उसे मिले। हालाँकि दस रुपये काउंटर वाले आदमी ने और पाँच रुपये चपरासी ने ले लिए। तब भी उसकी जेब में डेढ़ सौ से ज़्यादा रुपये थे।

इवान दानिसोविच या रामसहाय (जो भी आप कह लें) जब सीढ़ियाँ उतर रहा था तो उसने महसूस किया कि उसकी चिरपरिचित तकलीफ़देह मूर्च्छा का पहला चरण शुरू हो गया है और वह नीला अँधेरा अब बहुत दूर नहीं है। पीले धब्बे उसकी ओर चमगादड़ों की तरह उड़ते हुए बढ़ रहे थे। इवान ने उन्हें ज़ोर से डाँटा। नीचे बैठे हुए डॉक्टर और लड़की ने चौंककर एक–दूसरे का हाथ छोड़ दिया। इवान की मुट्ठियाँ भिंची हुई थीं, चेहरा पत्थर की तरह सख़्त था, माथे पर पसीना पसर आया था और वह ज़ोर–ज़ोर से साँस ले रहा था।

इवान दानिसोविच मूर्च्छा के नीले अँधेरे में तैरते अपनी ओर बढ़ते पीले चमगादड़ों को पीछे धकेल देना चाहता था। उसे सिर्फ़ मँझला दिखायी दे रहा था, जो गेट के बाहर ज़मीन पर अकेला बैठा था और जिसकी आख़िरी मूँगफली भी ख़त्म हो चुकी थी।

इवान ने ज़ोर से हवा खींचकर अपने फेफड़े भर लिए और साँस रोक ली। यह एक बहुत कठिन लड़ाई थी। वह पूरी ताक़त से जूझ रहा था।

साँस रोककर इवान कई सीढ़ियाँ एक साथ उतर गया और तेज़ी से अस्पताल के बाहर की ओर दौड़ा। उसे दौड़ते हुए चपरासी और डॉक्टर दोनों ने देखा। दोनों पीछे से चिल्लाये, लेकिन इवान ने साँस रोक रखी थी और वह गेट के बाहर निकल चुका था। मँझला उसी जगह ज़मीन पर लुढ़ककर सो गया था और उसके चारों ओर मूँगफली के छिलके बिखरे हुए थे।

इवान ने उसकी बाँह पकड़कर उसे उठाया और लगभग घसीटते हुए सड़क की ओर ले गया, जहाँ ख़ाली ऑटोरिक्शा खड़ा था।

पहले इवान उसमें घुसा फिर उसने मँझले को उसमें खींचा और उसके बाद उसने अपने कोट की जेब से दोनों उबले अण्डे और केले निकालकर मँझले की गोद में रख दिये।

इवान दानिसोविच या रामसहाय (जो भी आप कह लें, अब कोई फ़र्क़ नहीं पड़ेगा) ने इसके बाद कहा : "चलो" और उसने ज़ोरों से साँस छोड़ी। इतनी देर से उसने इतनी सारी हवा अपने फेफड़ों में भर रखी थी कि जब वह सारी हवा बाहर निकली तो एक अजीब–सी, दर्दनाक, कारुणिक और पराजित आवाज़ पैदा हुई जैसे किसी इंजिन का एक्जॉस्ट वाल्व अचानक खुल गया हो। यह आवाज़ किसी मनुष्य से पैदा नहीं हो सकती थी। ऑटोरिक्शा दौड़ने लगा। मँझले ने चौंककर इवान की ओर देखा। वह डरा हुआ था।

इवान के सामने फिर वही अँधेरा था। गाढ़ा नीला, जिसमें पीले धब्बे थे। उसने देखा कि वह बोट क्लब की जनसभा में प्रधानमन्त्री का भाषण सुन रहा है और चारों ओर, उसके दायें–बायें, ऊपर–नीचे, ज़ोरों से तालियाँ बज रही हैं। लगातार तालियाँ। स्टेनगन की तरह। फिर उसने देखा कि उसकी मेज़ पर अख़बार

की गैलियाँ ही गैलियाँ बिखरी हैं और औरत उनसे छोटे का दस्त पोंछ रही है और गालियाँ बिक रही हैं। फिर उसने अपने गाँव की नदी देखी...बिल्कुल शान्त, धीरे–धीरे बहती हुई। कहीं कोई आवाज़ नहीं।

रामसहाय ऑटोरिक्शा पर बेहोश था। ऑटोरिक्शा दौड़ रहा था। उसने ड्राइवर से कुछ देर पहले सिर्फ़ इतना कहा था: ''चलो''। मँझले के दायें हाथ में उबले हुए अण्डे थे, गोद में केले रखे थे और वह ज़ोर–ज़ोर से 'गों–गों, 'गिल्ल–गिल्ल' कर रहा था। उसके मुँह से थूक के बुल्ले निकल रहे थे और उसका छोटा–सा लूला बायाँ हाथ किसी अपंग चिड़िया के डैने की तरह फड़फड़ा रहा था।

इवान के घर की ओर जो गली मुड़ती थी, ऑटोरिक्शा उसे पीछे छोड़ चुका था। यह साल का पहला दिन था। बोट क्लब में जनसभा थी। रामसहाय, जिसका नाम इवान दानिसोविच नहीं था और जो हिन्दुस्तानी था, दौड़ते हुए ऑटोरिक्शा में बेहोश पड़ा था।

राम सजीवन की प्रेम कथा

जहाँ कई वर्ष पहले गाँव था और जहाँ बैलों के तेल–चुपड़े भोले–काले सींग थे, दोपहर जंगल में पत्तों की गहरी हरी गन्ध थी और कच्चे आम के ताज़ा कटे फाँक के साथ नमक–मिर्च का स्वाद था, धान के महकते हरे खेत थे, जहाँ अन्धी बुढ़िया महराजिन थी जिसकी बारी से लड़के खीरा और भुट्टा चुरा लाते थे–राम सजीवन का बचपन वहीं पीछे कहीं छूट गया था। पन्द्रह साल पीछे।

उनका बचपन सनई के उन खेतों में कहीं रह गया था, जहाँ: वे स्कूल न जाकर छिप जाते थे और दूसरे लड़कों के साथ 'गदा छाप' बीड़ी के सुट्टे खींचते थे।

ब्राह्मण परिवार था। मँझला किसान वर्ग, एक ऐसा किसान वर्ग, जिसकी गाँव में नाक नीची नहीं रहती, जो गाहे–ब–गाहे बड़े किसान या ज़मींदार को भी छोटा–मोटा क़र्ज़ दे सकता है या पेशी–कचहरी में हज़ार–दो हज़ार ख़र्च कर सकता है। हलवाहों और भूमिहीनों को तो गल्ला–अनाज वह बीज–बिजहरा या खवाई–नातवानी के लिए सवैया–ड्योढ़ा बाढ़ी की दर पर दे ही सकता है।

एक ऐसा किसान–परिवार, जहाँ गाँव के ज़मींदार के घर आया हुआ पटवारी लौटते हुए एक बार झाँककर चाय–पान ले जाता है, थोड़ी–बहुत हँसी–ठिठोली भी कर जाता है।

राम सजीवन पास के क़स्बे के हाई स्कूल और पास के

शहर के शासकीय महाविद्यालय को प्रथम श्रेणी से लाँघते हुए अब दिल्ली के उस विश्वविद्यालय तक आ पहुँचे थे, जो देश का माना हुआ ही नहीं, कहा जाता था कि अफ्रीका, दक्षिणी एशिया तो क्या पूरी तीसरी दुनिया का सबसे भव्य विश्वविद्यालय था। इस विश्वविद्यालय में प्रधानमन्त्री की बहू, रक्षामन्त्री की नातिन, किर्लोस्करजी की बेटी, बाटाजी का बेटा और देश के सबसे बड़े साहित्यकार का सबसे छोटा साला पढ़ता था।

यहाँ ज़्यादातर लड़के–लड़कियों की सभ्यता और मिज़ाज का अपना ही ढंग था। वे बड़े कोमल, पारदर्शी और ख़ास लगते। हँसते तो इतना उजाला फैलता कि गाँव की हँसी तम्बाकू और कत्थे में लिथड़ी किसी वीभत्व रुदन की तरह दिखायी देती।

और लड़कियों का तो कहना ही क्या? उनका अलग ही तापमान और अलग ही रोशनी थी। वे ज़्यादातर जीन्स और खुल बाँहोंवाली होतीं। उन्हें बहुत साफ़–सफ़ेद आटे को गूँधकर, उसमें थोड़ा महावर मिलाकर बनाया गया था। खुली बाँहों, बारीक़ आवाज़ों, घण्टियों जैसी हँसी का ऐसा विराट् उत्सव राम सजीवन को अपने जीवन के प्रति एक बार नये सिरे से दार्शनिक हो जाने की प्रेरणा देता था। वे चाहे बस में हों या अपने अकेले कमरे में, साँस भी लेते तो उसके साथ वू डू या इंटिमेंट की महक उनके रक्त तक पहुँचती। इस ख़ुशबू में कॉन्वेंट के पसीने की बहुत अपरिचित लेकिन उत्तेजित गन्ध घुली होती।

लेकिन राम सजीवन के भीतर एक गहरी चिढ़ और गुस्से ने भी जगह बनाना शुरू कर दिया। इस विराट् लक़दक शहर में, जहाँ इतनी बड़ी दुकानों, कोठियों, कारों की चमाचम धूप थी, उन्हें अपने गाँव का बड़े से बड़ा किसान भी कुली–कबाड़ी दिखायी देता। अपने टेरिकाट के कपड़े उन्हें सस्ते, मैले और पिछड़े हुए लगते। अपने चेहरे में गाल की हड्डियों का नुकीला उभार, मोटे होंठ, धूप और धूल को झेलकर जिन्दा और चौकन्नी बन गयी आँखें, तिल और सरसों के तेल को पीकर मोटे और काले हो

गये बाल–सब उन्हें गँवारू लगते। वे काले तो नहीं थे फिर भी उन्हें लगता था कि उनके गेहुँए रंग से गाँव का मटैलापन कभी छूट नहीं सकता।

दिल्ली एक ऐसा महानगर था, जिसमें रुपयों की नदी कहावत के बाहर बहती थी। दूसरा कोई इतना बड़ा शहर राम सजीवन ने देखा भी नहीं था। एक बार, जब वे बिल्कुल नये थे, एक लड़के से उन्होंने उसके जूते की क़ीमत पूछी। दो सौ अड़सठ रुपये सुनकर वह जूता उन्हें एक क्विंटल गेहूँ के बोरे में बदलता दिखने लगा। फिर तो उनके देखने का यह गोपनीय तरीक़ा ही हो गया। अर्थशास्त्र के माल–मुद्रा मालवाले नियम के अनुसार वे चीज़ों को किसी भी अनाज के समान मूल्य की मात्रा में बदल देते। उन्हें बहुत मज़ा आता। इस आदमी ने कुल मिलाकर तीन क्विंटल धान पहन रखा है। इस लड़की ने पचास किलोग्राम अलसी अपनी कलाई में लपेट रखी है। मकान का किराया साढ़े तीन क्विंटल गेहूँ हर महीने, बिजली–पानी अलग और वो देखो, वो साला हीरो बीस एकड़ की कुल पैदावार पर चढ़ा हुआ हॉर्न बजाता भगा जा रहा है।

लेकिन यह सब–कुछ एक रोचक मनोरंजक खेल ही नहीं था। यह बहुत गम्भीर और पीड़ादायक था। गाँव का मँझला किसान वर्ग शहर के निचले मँझले वर्ग से भी नीची कोटि का साबित हो रहा था। किसी दफ़्तर का छोटा–मोटा बाबू भी जीवन स्तर और सभ्यता के लिहाज़ से ज़्यादा कुलीन और चमकदार दिखायी देता था।

राम सजीवन के दिमाग़ में सामाजिक समानता के लिए एक उत्कट आकांक्षा जागने लगी। यह सब कुछ अन्यायपूर्ण हैं, ग़लत है। इस देश की सत्तर प्रतिशत जनता को जिन्दा रहने के लिए जितने कैलोरी शक्ति की ज़रूरत है, उतना भी अन्न नहीं मिल पाता, और दूसरा साढ़े तीन क्विंटल गेहूँ की शराब एक बैठक में पी जाता है! राम सजीवन को पुरानी दिल्ली के जामा मस्जिद वाले इलाक़े के फुटपाथों पर, पुलिया के नीचे, अपने

गाँव के लोग दिखायी देते–उतने ही ग़रीब, उतने ही मैले, उतने ही भूखे। 'क्रान्ति की ज़रूरत है'–बाबू राम सजीवन ने सोचा।

यह उन्हीं दिनों की बात है जब बंगाल के उत्तरी–पूर्वी इलाक़े, दक्षिण में आन्ध्रप्रदेश और बिहार–उत्तर प्रदेश के भोजपुर इलाकों में भूमिहीन और छोटे किसान मिलकर आंदोलन छेड़ चुके थे। उन्हें मुठभेड़ों में मारा जा रहा था, जेलों में भरा जा रहा था। सरेआम उनकी आँखें फोड़ी जा रही थीं और अख़बारों के पन्नों में ऐसी ख़बरें भरी रहती थीं।

राम सजीवन को लगा कि उनके मन में बचपन से ही ग़रीबों और असहायों के लिए गहरी करुणा रही है। उन्हें कई घटनाएँ ऐसी याद आयीं जब वे अपने घर से मक्का और चावल चुराकर कोलों के घर में दे आते थे, जहाँ कई दिनों से चूल्हा नहीं जला होता था। अपने पुराने कपड़े तो वे गाँव के लड़कों को दे ही देते थे।

मेधा और प्रतिभा राम सजीवन में तेज़ थी। उन्होंने समाज को जानने–समझने को लिए तरह–तरह के किताबें पढ़नी शुरू कीं। 'पूँजी' पढ़ डाली, 'एंटी ड्यूहरिंग', 'एट्टींथ ब्रूमेर ऑफ़ लुई बोनापार्ट', 'होली फेमिली' से लेकर लेनिन और माओ के विचारों का अध्ययन किया। और धीरे–धीरे समाज का एक ख़ूब साफ़ नक़्शा उनके दिमाग़ में बनने लगा।

लेकिन गाँव छोडे इस साल हो रहे थे। फ़ेलोशिप मिलती थी, इसलिए वहाँ जाने ज़रूरत कभी हुई नहीं और धीरे–धीरे गाँव के लोगों के मटैले और ठोस चेहरे उनके दिमाग़ में धुन्धले और अमूर्त होने लगे। खेत ग़ायब हुए, चीज़ों को गल्ले में बदलकर देखने का पुराना किसानी ढर्रा बिसर गया। हलवाहों के पसीने की जानी–पहचानी गन्ध, बकरियों की बू के साथ पता नहीं कहाँ उड़ गयी। अब उनके दिमाग़ में समाज की वर्गीय बनावट तो साफ़ थी, लेकिन लोगों के चेहरे ग़ायब हो चुके थ।

विश्वविद्यालय का हॉस्टल था, जिसमें सजीवन रहते थे।

जीन्स पहनते थे, उसके ऊपर कुर्ता और दाढ़ी। चश्मा लगाने लगे थे। संगठन में सक्रिय थे और संगठन के कार्यकर्ता उन्हें बहुत बड़ा चिन्तक और लेखक मानते थे। राम सजीवन तीसरी दुनिया के सबसे आधुनिक विश्वविद्यालय में रहते हुए अवध के किसान आन्दोलन पर डी.लिट्. कर रहे थे।

राम सजीवन का कमरा भी देखने लायक़ था। उसमें कभी झाड़ू नहीं लगती थी। गर्द और मकड़ी के जालों के बीच किताबें और अख़बार बिखरे रहते। रजाई पुरानी थी और जब वे सोते तो उसकी रुई उनकी दाढ़ी और बालों में उलझ जाती। वे बारह बजे सोकर उठते, कमरे में ही ज़्यादातर रहते और समाज के बारे में लेख आदि लिखा करते। फ़ेलोशिप इस बीच मियाद पूरी हो जाने के कारण बन्द हो गयी थी इसलिए आर्थिक अड़ंगा पैदा हो रहा था। जितनी ही आर्थिक दिक़्क़त आती, राम सजीवन ख़ुद को जनता के और निकट पाते। उनके लेखों में असामनता के ख़िलाफ़ आग और तेज़ हो उठती। उन्होंने हॉस्टल के कमरे में रहते हुए जनता से जुड़ने, अनुभवों और विश्वदृष्टि के स्तर पर सर्वहारा वर्ग में स्वयं को विलीन करने के लिए वर्गच्युत (डीक्लास) होने की ज़रूरत के बारे में लिखा।

लेकिन वे परिश्रम नहीं करते थे, परिश्रम करने वालों के बारे में लिखते ज़रूर थे। महीनों तक कपड़े नहीं धोते थे। नहाते नहीं थे। दाढ़ी में तो ख़ैर सर्वहारा का अधिनायकवाद लागू हो ही चुका था। अपने कमरे की साफ़–सफ़ाई पर उनका ध्यान नहीं जाता था। उन्हें देखकर यह ज़रूर लगता कि वे वर्गच्युत हो चुके हैं।

और तभी तीसरी दुनिया के उस सबसे बड़े विश्वविद्यालय के अधिकारियों ने छात्रों की माँग को ध्यान में रखते हुए, दूसरे विश्वविद्यालयों के सामने एक आदर्श उदाहरण प्रस्तुत किया। 'सहशिक्षा' के साथ–साथ 'सहवास' या 'सहआवास' का उदाहरण।

जिस छात्रावास में रामसजीवन रहते थे उस छात्रावास का आधा उत्तरी हिस्सा छात्राओं के रहने के लिए कर दिया गया।

छात्रावास अंग्रेज़ी के 'एच' के आकार का बना था। दक्षिण तरफ़ की डंडी में लड़कों की तिमंज़िली इमारत थी जिसकी हर मंज़िल पर सौ कमरे थे, उत्तरवाली डण्डी के कमरों में लड़कियाँ रहती थीं और दोनों को जोड़ने वाले बीच के डण्डे में मेस था, जहाँ लड़के–लड़कियाँ ब्रेकफास्ट, लंच और डिनर लेते थे। इस तरह बैलगाड़ियों और अस्सी प्रतिशत भुक्खड़ों के देश में वह विश्वविद्यालय ससेक्स की किसी शिक्षा संस्था की तरह सहशिक्षा, सहवास और सहभोज के हवाई मार्ग पर उड़ पड़ा।

विश्वविद्यालय के ज़्यादातर लड़के–लड़कियाँ 'हेलो हाय सम्प्रदाय' से आते थे, यानी ऐसे उच्च वर्गों से, जहाँ कॉन्वेंट की पृष्ठभूमि के अलावा नाच–गाना और हँसना–रोना भी उस तरह का होता है। राम सजीवन ने बड़ी मेहनत, साधना और लगन से अंग्रेज़ी का ज्ञान अर्जित किया था, लेकिन वे समझते तो ख़ूब थे, बोलने में उनका ख़ास–बिहारी लहजा आड़े आ जाता था। 'ए भेरी गुड ईभनिंग' जैसे वाक्य तो वे बचा ले जाते, लेकिन बचपन से 'वी' की जगह 'भी' की रटाई उनकी जिह्वा के संस्कारों के अन्तारतम तक पैठ चुकी थी। उन्हें कभी–कभी लगता कि संस्कार कुछ विशिष्ट सन्दर्भों में चेतना से ज़्यादा शरीर को पकड़ते हैं। उनकी चेतना स्लाइस की होती लेकिन जीभ कढ़ी की माँग करती।

एच की दक्षिणी डण्डी की सबसे ऊपरी मंज़िल के कमरा नम्बर तीन सौ साठ की बालकनी में राम सजीवन खड़े थे। एच की ऊपरी डण्डी की सबसे ऊपरी मंज़िल के कमरा नम्बर तीन सौ सोलह की बालकनी में वह लड़की निकल आयी थी, जो उधर रहती थी। दोनों बालकनियाँ आमने–सामने थीं। राम सजीवन ने आख़िर उधर देखा। वह लड़की उन्हीं की ओर देख रही थी। आँखें बड़े ऐन्द्रिक ढंग से लगभग एक–दूसरे का शरीर सहलाते हुए मिलीं और इन्द्रिय बोध से निकलती ऊष्मा से राम सजीवन को सात्विक कम्प हो गया। ललाट और नासिकाग्र का स्वेद कण झिलमिला उठे। यह रीतिकालीन काव्य शास्त्रीय शृंगार लक्षण

थे। अब मूर्च्छा की बारी थी, जिससे राम सजीवन बचे। उन्होंने अपने आपको उदासीन, गम्भीर और कुछ–कुछ लापरवाह जैसा बनाया। लड़की थोड़ी देर तक बालकनी में रहने के बाद अन्दर चली गयी। इस बीच राम सजीवन अपनी बालकनी से हटे तो नहीं, लेकिन उन्होंने फिर उस लड़की की दिशा में देखा नहीं। हाँ, उसकी मौजूदगी को वे कभी अपनी पीठ पर और कभी अपनी कनपटी पर महसूस करते रहे। वह लड़की उन्हें एक उजली हरी परछाईं की तरह लग रही थी, जो अचानक बहुत आत्मीय, घरेलू और घनिष्ठ हो उठी थी।

दोपहर मेस में खाना खाते समय उन्होंने चारों ओर सतर्क और उत्सुक आँखें दौड़ायीं, लेकिन कहीं कुछ नहीं। बहुत–सी लड़कियाँ खा रही थीं लेकिन, मामला जादुई बन गय था। एक नज़र में सारी लड़कियाँ उन्हें बालकनी की लड़की लगने लगतीं और दूसरे ही पल में लड़की कोई और साबित हो जाती। खाना खाते हुए वे खेल विभोर होकर खेलते रहे।

राम सजीवन कमरे में ही थे, जब उनके मन में एक संगीतपूर्ण मीठे सन्देह ने आँखें खोलीं। वह लड़की अपनी बालकनी पर थी और निश्चित ही राम सजीवन की बालकनी की ओर देख रही थी। वे अपने कमरे में अँधेरा करके खिड़की से उसे समूची रागात्मकता के साथ देख रहे थे। रंग ख़ूब गोरा। आटे और महावरवाला भी नहीं, मक्खन और गुलाबवाला। बहुत हल्का सफ़ेद बनियान जैसा 'टॉप'। खुली बाँहें। नीचे तक खुला हुआ गला और जाँघों पर फेड हुई जीन्स की विदेशी नीली पैंट। उम्र बीस के इधर या उधर। उन्हें लगा जैसे अजन्ता की किसी यक्षिणी को आधुनिक कपड़े पहना दिये गये हों। इस लड़की के गले में आवाज़ कैसी होगी–और हिन्दी कितनी बदलकर वूडू में डूबकर निकलेगी।

वे बालकनी में निकले। लड़की ग़ज़ब हिम्मत और बेफ़िक्री से उनकी ओर ताक रही थी। संस्कारों का फर्क है। मुहल्ले–गाँव की होती तो आँख न उठाती या नीचेवाला फ़र्क़ देखने लगती।

अचानक आँखें मिलीं। आह! यह एक लड़की की आँख थी। बहुत कुछ समझा दिया उस दृष्टि ने। कितने–कितने अर्थ उसमें थे। यह परिचय था–पहला। बाबू राम सजीवन को बचपन में देखी गयी रामलीला का जनकवाटिका प्रसंग याद हो आया, फिर जयशंकर प्रसाद मैथिलीशरण गुप्त से होते हुए वे शमशेर तक पहुँचे :

'हाँ तुम मुझसे प्यार करो
जैसे हवाएँ मेरे सीने से करती हैं,
जिनको वह गहराई तक दबा नहीं पातीं।
जैसे मछलियाँ लहरों से करती हैं...
तुम मुझसे प्यार करो
जैसे मैं तुमसे करता हूँ।
आईनो रोशनाई में घुल जाओ
और आसमान में मुझे लिखो और मुझे पढ़ो।
आईनो मुस्कुराओ और मुझे मार डालो
आईनो मैं तुम्हारी ज़िन्दगी हूँ

लड़की जा चुकी थी और अब वे नेरूदा में खोये हुए थे–'टुडे आयी केन राइट सेडेस्ट लाइंस...।'

सुबह उन्होंने होस्टल के उत्तरी गेट के चौकीदार कुमाऊँनी धीरज सिंह नेगी से पूछा कि क्या वह कमरा नम्बर तीन सौ सोलह में रहने वाली लड़की के बारे में जानता है, तो उसने कहा : "उसको कौन नहीं जानता। वो तो लन्दन से आयी हुई ठहरी यहाँ। पिता केन्या में बहुत बड़ी फैक्ट्री चलाने वाले हुए, कहा। यहाँ आने के पहले बेबी लन्दन में सात साल पढ़ के आने वाली हुई, बड़ा मीठा स्वभाव पाया उसने कहा। सी.पी.एस. में रिसर्च करने वाली हुई।"

यह तो 'कसप' नाम के उपन्यास से निकला आदमी मालूम होता है, राम सजीवन ने सोचा। "नाम क्या है उसका?" उन्होंने डरते–डरते पूछा।

"पण्डित जी, तुम्हारा इरादा तो नेक ही दीखे मुझे। नाम उसका

हुआ अनिता चाँदीवाला। गुजरात की हुई, पर गुजराती न जानने वाली ठहरी। हिन्दी बोलने में भी जगह–जगह रुकने वाली हुई।"

फिर चौकीदार धीरज ने उनकी ओर देखा, बीड़ी का गहरा सुट्टा खींचकर धुआँ निकालते हुए हँसने लगा। खाँसी और हँसी के बीच उसने बायीं आँख दबाई और कहा–"माल लेकिन असली फटाका हुआ ठहरा।"

लुंपेन है यह। राम सजीवन ने सोचा। कामगार वर्गों के ऐसे लोगों में वर्ग चेतना पैदा करने के लिए अभी बहुत गहरी शिक्षा की ज़रूरत है। भारत की कम्युनिस्ट पार्टियाँ यही काम नहीं कर रही हैं इसलिए तो मज़दूरों, किसानों और छोटे कर्मचारियों के बीच उनका जनाधार नहीं है। अब इस चतुर्थ श्रेणी के कर्मचारी चौकीदार को ही देखो–उसका यह घोर स्त्रीविरोधी रुख़ सामन्ती और पूँजीवादी समाज की पतित मूल्य व्यवस्था की देन है।

राम सजीवन गुस्से में वहाँ से चले गये। इस पेचीदा मुद्दे पर सोचते हुए कि ऐसे लोगों को उनके आर्थिक–सामाजिक वर्गों के आधार पर परिभाषित किया जाये, या उनकी मूल्य चेतना, संस्कार, विचार और व्यवहार के आधार पर।

अनीता चाँदीवाला। इस पूरे नाम में एक संगीत है। अनीता–अन्नी–अन्नू, अनु–इसके कई रूप हो सकते हैं। 'चाँदीवाला' सरनेम इस स्वप्न जैसे नाम को लौकिकता और भौतिकता प्रदान करता है। अब राम सजीवन के दिन का ज़्यादातर समय सामने की बालकनी को देखने और इस नाम को अकेले में बोलकर उसे अपने भीतर तक महसूस करने में गुज़रता। वे कमरे में, रजाई ओढ़कर, लेटे–लेटे धीरे से बोलते, जैसे सामने बैठे किसी को सम्बोधित कर रहे हों–"अन्नी, तो उलिसिस कैसी लगी?" फिर वे मौन होकर जेम्स जोयस के बारे में उसका जवाब सुनते। जवाब हिन्दी में भी होता और मुश्किल से बनायी गयी अंग्रेज़ी में भी।

एक दिन उन्होंने कमरे में, रजाई के भीतर ही उससे "हीट एंड डस्ट" और "ज्वेल इन दा क्राउन" फ़िल्मों के बारे में

पूछा। अनीता चाँदीवाला ने अंग्रेजों के 'ब्रिटिश राज नास्टेल्जिया', के बारे में विस्तार से बताया। उसने बताया कि किस तरह इंग्लैंड के लोग अपने साम्राज्यवादी अतीत से बेतहाशा प्यार करते हैं, अँगूठे के बराबर सिकुड़ जाने के बावजूद अपने देश को 'ग्रेट' ब्रिटेन बोलते हैं और भारत के इतिहास को कैसे अपने मन–माफ़िक़ बदलते तोड़ते हैं। फिर उसने कहा–'फ़ार एकजांपल, दि लेटेस्ट फ़िल्म, इन प्रोसेस ऑफ़ प्रोडक्शन–'ट्रांसफर ऑफ़ पावर' पुट्स, दैट दि वेरी कांसेप्ट ऑफ़ डोमिनिकल स्टेटस फॉर इंडियन रिपब्लिक वाज़ नॉट डिमांडेडा बाय नेशनलिस्ट्स–नेहरूज, पटेल्स, एटसेटरा...एटसेटरा, बट इट वाज़ अ सजेसचन बाय दि लास्ट वायसराय माउंटबैटन...'

इस लड़की के विचारों में जागरूकता भी है और अपने इतिहास को देखने का एक सही दृष्टिकोण भी। बस अगर उसे समाज के मौजूदा हालात के बारे में वैज्ञानिक तरीक़े से समझा दिया जाये ओर जनता से जोड़ दिया जाये तो वह संगठन में बहुत महत्त्वपूर्ण भूमिका निभा सकती है। राम सजीवन अपने पलंग पर रजाई छोड़कर बैठ गये और कहा–'अब्साल्यूटली करेक्ट...भ्वाट दे हैव इन, यू सी, दे हैव टर्नड अवर नेताजी सुभाष बोस, इन टु एक फ़न्नी पोलिटिकल जोकर...'

ह्वाट को 'भ्वाट' बोल जाने पर उन्हें गहरी ग्लानि हुई। उन्होंने पक्का इरादा किया कि अपनी अंग्रेज़ी पर टाट–पट्टी स्कूल की परछाई तक नहीं पड़ने देंगे आइन्दा।

अनीता चाँदीवाला अब भी अपनी बालकनी में निकलती। कभी–कभी नहाकर अपने बाल सुक़ाने वह वहीं खुली हवा में खड़ी हो जाती। खुली बाँहें। बेफ़िक्री में उठी हुई भुजाएँ, शैंपू किये हुए सूखते और अलग–अलग उड़ते बाल...राम सजीवन अपने कमरे में अँधेरा करके चुपचाप देखते और उनकी अत्यन्त आत्मीय फुसफुस वार्ता शुरू हो जाती।

एक दिन, बड़ी हिम्मत और लम्बी प्रतीक्षा के बाद, अन्तिम

निर्णय लेकर उन्होंने कहा–"अनु, आई लव यू।" पूरा कमरा देर तक इस वाक्य के संगीत में बजता रहा। माडेंनिया और इंटीमेंट की ख़ुशबू कमरे में तैरती रही। बचपन की बड़ी सघन और तेज़ किलकारी ने राम सजीवन के ह्रदय में जन्म लिया और वह गले से निकलती–निकलती रुकी और उसने उनके पूरे शरीर को किसी कमज़ोर पेड़ की तरह झकझोर दिया। वे काँप रहे थे। शरीर का तापक्रम बढ़ गया था और इस छोटे से वाक्य को बोलने में ही उन्हें अपने शरीर की बहुत सारी ऊर्जा, साँस और लहू दाँव पर लगाना पड़ा था। लेकिन एक बार इसे बोल जाने के बाद वे काफ़ी मुक्त और हल्का महसूस कर रहे थे। वे बेतहाशा ख़ुश थे और हेमन्त कुमार का गीत गाने लगे।।

ख़ुशी उन्हें दुहरी थी। इसलिए कि उन्होंने इस निर्णायक चिर प्रतीक्षित वाक्य में 'लभ' को 'लव' बोल डाला था। अनायास बिना किसी कोशिश के और यह एक कमाल था। देहाती, निम्न मध्यवर्गीय, पिछड़ी, हीन भावना को उन्होंने एक ज़ोरदार पटखनी दे दी थी और वह कमरे के फ़र्श पर चारों खाने चित पड़ी कराह रही थी।

एक बार राम सजीवन ने यह अनुभव किया कि वह लड़की देर से अपनी बालकनी में खड़ी है और वह उनकी प्रतीक्षा में है। वह वहाँ से हट ही नहीं रही थी। उदास थी और शाम की ढलती धूप को देख रही थी। राम सजीवन कमरे से निकलकर अपनी बालकनी में आ गये। वह लड़की वहीं खड़ी रही जैसे उसने पूरी आत्मीयता और मौन कृतज्ञता के साथ उनकी उपस्थिति को स्वीकार कर लिया हो। अपनी बालकनी के लोहे की गुनगुनी रेलिंग पर उन्होंने कुहनियाँ टेकीं और झुककर टिक गये। लड़की फिर भी वहीं रही। सम्बन्ध प्रगाढ़ होता चला गया। हवा में एक बहुत समझदार आत्मीयता और स्वीकृति थी। कहने की कोई और ज़रूरत नहीं रह गयी थी। यह वही क्षण था जहाँ भाषा व्यर्थ होती है। 'मौन मधु हो जाये...' यह वाक्य उनके दिमाग़ में तैरा।

फिर सच्चिदानन्द हीरानन्द वात्स्यायन 'अज्ञेय' की पंक्ति उभरने लगी—"मौन ही भाषा है।"

राम सजीवन ने ख़ुद को कोसा कि कैसे—कैसे प्रतिक्रियावादी कवियों की रचनाएँ उनके दिमाग़ में आ रही हैं। लेकिन बड़ी कोशिशों के बाद भी बाबा नागार्जुन और आलोक धन्वा की कोई कविता याद नहीं आ रही थी। उन्हें क्रान्तिकारी प्रेम कविताओं के लिए या तो विदेशी क्रान्तिकारी कवियों या देशी प्रतिक्रियावादी कवियों का मोहताज होना पड़ रहा था। उन्होंने याद किया कि 'स्लीपिंग प्रिंसेस' के बारे में लेनिन का कहना क्या था। प्रेम और स्वप्न को लेनिन ने भी क्रान्तिकारियों के लिए ज़रूरी माना था और इसी वक़्त राम सजीवन ने निर्णय लिया कि वे क्रान्तिकारी प्रेम कविताएँ लिखेंगे। हिन्दी में इसकी कमी पूरी होनी ही चाहिए। आख़िर नेरूदा, नाजिम, लोर्का, मायकोव्स्की वग़ैरह भी तो क्रान्तिकारी थे, जिन्होंने इतनी अच्छी प्रेम कविताएँ लिखीं। हमारी हिन्दी में यह काम धर्मवीर भारतीयों, नवगीतकारों और नीरजों आदि के खाते में डाल दिया गया है। बंगला के जीवनानन्द दास जैसे कवि तो दुर्लभ ही हैं हिन्दी में।

सिर्फ़ संगठन ही नहीं, संगठन के बाहर के परिचित लड़के भी जान चुके थे कि राम सजीवन को आजकल प्रेम हो गया है। उन्होंने स्वयं यह बात सबको बताई थी। वे बहुत सरल, सीधे और भावुक थे। जो उनके ख़ास मित्र थे, उनके पास, वे अक्सर रात में पहुँच जाते और इस प्रेम की विभिन्न विकास अवस्थाओं के बारे में बतलाते। उन्होंने अपने मित्र, नवीन ढौंढियाल को बतलाया था कि "वह लड़की चाहती है कि मैं कुछ बोलूँ। उससे कुछ कहूँ। कल शाम हम लोग आधे घण्टे तक आमने—सामने की बालकनी में चुपचाप खड़े रहे। तुम लोग इसे समझ नहीं सकते, यह एक अनोखे क़िस्म का प्रेम है, देखो, अभी तक हमने एक वाक्य नहीं बोला है, एक—दूसरे से बात नहीं की है, लेकिन हम लोग उस 'स्टेज' तक पहुँच चुके हैं, जहाँ तक अमूमन साधारण और चालू

संवेदनशीलता के लोग महीनों साथ–साथ रहकर, घूम–फिरकर पहुँचते हैं। वह वहाँ खड़ी रहती है चुपचाप, मैं यहाँ खड़ा रहता हूँ ख़ामोश। हम दोनों एक–दूसरे की मौजूदगी को 'फील' करते हैं।"

एक शाम उन्होंने अपने दूसरे दोस्त शिरीश मिश्र को बतलाया–"आजकल मैं विशेष परिवर्तन महसूस करता हूँ। लगता है अनीता इस संवादहीनता से ऊब रही है। फिर उसकी उम्र भी तो मेरे मुक़ाबले कम–से–कम पाँच–छह साल कम है। इतनी परिपक्वता कहाँ से आ सकती है इतनी जल्दी? बहुत दिन हो भी गये हैं इस तरह। एक तरह की 'मॉनोटॅनी' एक तरह का दोहराव और एकरसता पैदा हो गयी है, हमारे सम्बन्धों के बीच। आख़िर है तो वह लड़की ही। इस 'सेंकेंड सेक्स' का पूरा मनो–विज्ञान बिल्कुल अलग होता है। पहले तो वह सिर्फ़ बम्बइया फ़िल्मों में ही करती है। इसीलिए इन कॉमर्शियल फ़िल्मों को मैं यथार्थ विरोधी मानता हूँ। उन्होंने दर्शकों के दिमाग़ में सिर्फ़ अवास्तविक यथार्थ की इमेज ही नहीं बिठायी है, बल्कि उन्होंने इतने बड़े संचार माध्यम की मार्फ़त एक अवास्तविक स्त्री की धारणा को भी ख़ूब फैलाया है। नतीजा देखो, हर शहर और क़स्बे का मध्यवर्गीय छोकरा खूब कँघी–वँघी करके, सजधज के किसी हीरो को डुप्लीकेट करता है और सोचता है कि उसे देखकर कोई भी उस पर मर–मिटेगी और गाना गाने लगेगी।"

राम सजीवन ने नवीन ढौंढियाल से कहा–"अब सारा मामला बड़े 'क्रिटिकल जंक्चर' तक पहुँच गया है। मैंने 'मार्क' किया है कि मेस में खाना खाते वक़्त कभी–कभी वह मेरी ओर जानबूझकर देखती है। आज दोपहर लंज में उसने अपना चम्मच ज़ोरों से फ़र्श पर गिरा दिया था, जिससे मैं उसकी ओर देखने लगूँ। दरअसल उस वक़्त मैं कहीं ओर देख रहा था।"

एक बार वे रात दस बजे पहुँचे और उन्होंने किसी गहरे रहस्य को प्याज़ की तरह परत दर परत खोल के कहा–"तुमने अनीता की एक चीज़ पिछले पाँच–छह दिनों से नोट की है? वह

आजकल इतना ज़्यादा 'स्लीवलेस' पहनती है कि सिर्फ़ बाँहें ही नहीं बगलों के नीचे का काफ़ी हिस्सा खुला हुआ रहता है। और आज उसने जो 'टॉप' हरे रंग का पहन रखा था, उसका गला इतना खुला हुआ था–इतना खुला हुआ था, कि समझ लो मॉड लड़कियाँ भी ऐसा दुस्साहस नहीं कर सकतीं। तुम इसे अनीता की बेशर्मी कहोगे? लेकिन बन्धु प्यारे, ऐसा है नहीं। यह उसका एक संकेत है। यह उसकी बेचैनी और खीझ की अभिव्यक्ति है। इतना उत्तेजक कपड़ा पहनकर, अपने शरीर को इतना खोलकर वह मुझसे कहना चाहती है कि मैं अपनी मौजूदा निर्णयहीनता को तोड़ूँ। मैं उससे साफ़–साफ़ बात करूँ। आख़िर लड़की अपने शरीर के माध्यम से ही तो मौन को भाषा में बदलती है।"

कल्याण कुमार दास ने कहा–"यार, तुम लड़की से सीधे बात क्यों नहीं कर लेते? जाकर उससे कह दो कि मैं आपसे कुछ ज़रूरी बात करना चाहता हूँ। तुम ख़ामख़्वाह बैठे–बैठे मकड़जाल बुनते रहते हो।"

राम सजीवन आहत हुए। यही बात अनीता ने कितने अनोखे तरीक़े से, अपने सुन्दर युवा शरीर से मौन को भाषा में बदलते हुए, कितने गोपन ढंग से कही थी, और वही बात कल्याण कुमार दास कितने भौंडे और फूहड़ तरीक़े से कह रहा है। आख़िर इस पूँजीवादी समाज व्यवस्था ने जिस उपभोक्तावादी मानव–समूह को पैदा किया है वह हर चीज़ को एक 'जिंस', एक 'कमोडिटी' ही तो समझता है। जैसे लड़की बिकने के लिए तैयार बैठी हो और मैं एक्सचेंज की बाज़ारू भाषा बोलकर उसका मोल–भाव कर डालूँ और उसे पटा लूँ।

लेकिन ऊपर से राम सजीवन चुप ही रहे। उन्होंने चलते हुए कहा–"हाँ, बस एक सही समय के इन्तज़ार में हूँ यार! वैसे बाय द वे, हमारे इस प्रेम को तुम जैसा समझते हो, यह वैसा है नहीं। गुरु, यह एक अलग और अजब तरह का खेल है। इसका मर्म पहले घनानन्द भी जानते थे–'अति सूधो सनेह को मारग है...'

यहाँ कोई कपट नहीं। कोई छिपाव नहीं, हम दोनों एक–दूसरे के लिए बिल्कुल निशंक पारदशी हैं। एक–दूसरे से हमारा कुछ भी छिपा नहीं रही बात आमने–सामने बैठकर, या खड़े होकर, या लेटकर, या चलते–चलते बात करने की, तो वह कोई ऐसी बड़ी तोप चीज़ नहीं। बन्धु प्यारे, वेट करो। देखते चलो। वो भी हो जायेगा। जो–जो तुम सोचते हो, सब हो जायेगा।"

बीच में लड़की दस दिनों के लिए कहीं बाहर चली गयी थी। उसके कमरे की पिछली खिड़की खुली रह गयी थी। राम सजीवन चुपचाप अपने कमरे में लेटे–लेटे या बालकनी में खडे होकर उस ओर देखते रहते। लड़की की यह अनुपस्थिति और उसकी पिछली खिड़की का खुला रह जाना भी उन्हें कई–कई अर्थों से भरा हुआ लगा। आख़िर अपने प्रेम के लिए जैसा 'फोर्म' उन्होंने चुन रखा था, उसमें भाषा के अलावा बाक़ी सारी चीज़ें भाषा थीं, संकेत थीं, उनमें कई–कई अर्थ थे।

उन्होंने शाम को अनीता की खिड़की खुली रह जाने के बाबत शिरीश मिश्र को बतलाया तो उसने कहा–"राम सजीवन जी, हमको तो ई लगने लगा है कि अब आप पगला जायेंगे। आप कुछ करेंगे–धरेंगे नहीं, कोठरी में दिन–रात घुसे इहे सब सोचेंगे। रउआ हमको बताई, भला ऊ लड़की आपको जानती–बूझती भी है? जाके पूछे लीं ओसे कि का आपको हमार नामो मालूम है कि नहीं, जाईं।"

राम सजीवन फिर आहत हुए मर्मान्तक चोट लगी। इतनी सीधी और निष्कवच बातें उन्हें 'वल्गर' लगती थीं। उन्हें इस आध्यात्मिक सत्य पर पिछले दिनों अच्छी तरह यक़ीन हो गया था कि प्रेम कभी भी इतना सघन और तीव्र हो ही नहीं सकता, जब तक वह दोनों तरफ़ बराबर न हो। उन्हें पूरा भरोसा था कि जिस तरह उन्होंने चौकीदार धीरज सिंह नेगी से अनीता के बारे में पूछा था कि वैसे ही अनीता ने ज़रूर उससे उनके बारे में पूछा होगा। यह विश्वास इतना दृढ़ और इतना सत्य लगता

था कि उसे किसी भी तरह से 'वेरिफाई' करने ज़रूरत ही नहीं थी। फिर उन्हें ऐसा करते हुए एक अजीब–सा डर भी लगता था। कहीं ऐसा न हुआ हो तो?

पूँजीवाद मानवीय कलाओं का सबसे बड़ा और निर्मम शत्रु होता है। उन्होंने चालू दुनियादार ढर्रे का प्रेम न करके एक सुन्दर रचना को गढ़ने की कोशिश की थी। यहाँ प्रेम एक रिश्ता नहीं, एक कला था, एक उत्कृष्ट मानवीय कलाकृति, लेकिन पूँजीवादी व्यवस्था का ही यह दुर्दांत प्रकोप था कि अपने निकट से निकट से दोस्तों से भी वे संवाद नहीं बना पा रहे थे। 'एलियनेशन' सम्बन्धों के बीच अपरिचय के विन्ध्याचल खड़ा कर रहा था। उन्हें चेखव की 'ग्रीफ़' कहानी याद आयी, जिसमें अपने भीतर की पीड़ा को कहने के लिए नायक को कोई नहीं मिलता और आख़िर में अपने घोड़े के गले से लिपटकर वह रोता है।

राम सजीवन को कोई घोड़ा तो नहीं मिला, लेकिन उन्होंने रात में एक कविता लिखी–"खुली खिड़की का अर्थ" जिसकी शुरू की पंक्तियाँ थीं :

'...शिरीश मिश्र
तुम नहीं जानते कि
इतिहास में खुली रह गयी एक अकेली
खिड़की का क्या अर्थ होता है
लेकिन मैं जानता हूँ
खुली खिड़की का एक भविष्य होता है
जिसमें से प्रतिज्ञाओं और संकल्पों की रोशनी फूटती है
वग़ैरह–वग़ैरह...'

एक दिन दोपहर राम सजीवन दौड़ते–दौड़ते कल्याण कुमार दास के कमरे में पहुँचे। नवीन ढौंढियाल भी वहाँ बैठा हुआ था।

राम सजीवन के चेहरे से ख़ुशी के मज़बूत और गदराये पेड़ की हरी फुनगियाँ बाहर निकलकर हिल रही थीं। फेफड़ों में ढेर सारे गुड़हल और कनेर के फूल भरे हुए लग रहे थे। लगता था

जैसे वे ख़ुशी के किसी गैस के गुब्बारे के साथ बाँध दिये गये हों और उनके पैर ज़मीन पर पड़ते हुए जैसे कोई भार न डालते हों, बस हल्के से धरती को छूते भर हों, ऊपर–ऊपर से।

राम सजीवन ने एक ही साँस में कहा, "आज ग़ज़ब हो गया। अब सबकुछ बदल चुका है। यह एक ऐसा मोड़ है, जहाँ सारी चीज़ें नये सिरे से शुरू होती हैं।"

"हुआ क्या? क्या बातचीत हो गयी?" ढौंढियाल ने पूछा।

"बातचीत को तुम लोग इतना महत्त्व क्यों देते हो? यह समझ लो कि मेरी अब तक की रीडिंग बिल्कुल सही निकली। आज मैं बस स्टाप पर खड़ा था। उसने पूछा–'एक्सक्यूज मी प्लीज। हेव्दर बस नंबर ट्रिपल सिक्स इज़ गान?' मैंने कहा–'इट इज येट टु कम' वह मुस्कुराई, थैंक यू कहा और फिर स्टाप पर ही खड़ी हो गयी।"

कल्याण कुमार दास ने राम सजीवन को पूरी सहानुभूति से देखा और पूछा–"तो महोदय, इसमें आपका चिन्तन कौन–सा संकेत ढूँढ़ता है?"

राम सजीवन फिर मर्माहत हुए। उनका चेहरा तमतमा आया। "वैसे तो ये सारी बातें ही तुम लोगों के लिए फ़िज़ूल हैं, लेकिन अगर तुम सब अपने ही तर्कों के ज़रिये सारी बातों को समझना चाहते हो तो यह बताओ कि उस वक़्त बस स्टाप में कम–से–कम बीस और लड़के खड़े थे। अनीता ने यह सवाल मुझसे, सिर्फ़ मुझसे ही क्यों पूछा?"

इस प्रश्न का उत्तर न कल्याण कुमार दास के पास था और न ही नवीन ढौंढियाल के पास।

एक दिन शाम छह बजे के लगभग राम सजीवन ने देखा कि अनीता ने अपनी बालकनी से एक कागज़ का टुकड़ा नीचे गिराया, उनकी ओर देखा, ज़रा–सी ठहरी और फिर अन्दर चली गयी।

सब समझ गये राम सजीवन। वे सीढ़ियाँ उतरकर नीचे पहुँचे। हवा चल रही थी। और वहाँ हरी घास पर ढेरों कागज़

के टुकड़े थें यहाँ–वहाँ हर तरफ़। धीरे–धीरे काँपते–हिलते। कुछ एकदम चुप और स्थिर जैसे मिट्टी में अपनी जड़ें फेंक चुके हों।

कौन–सा है वह काग़ज़? कैसे उसे पहचानें? क्या लिखा होगा उसमें? रात आठ बजे तक लोगों ने देखा, बाबू राम सजीवन अपने कुर्ते की ओली बनाकर वहाँ के सारे काग़ज़ों को बीन रहे हैं। वे चलने को तैयार होते तभी कहीं कोई और छोटी–सी चिन्दी, घास के नीचे हिलती दिखायी पड़ जाती। वे उत्तेजना में काँपते हुए उसे उठाते।

उस रात दो बज गये। उन्होंने अपने कमरे की बत्ती जलाये रखकर सारे टुकड़ों को खोल–खोलकर, अच्छी तरह से उलट–पलटकर देखा। एक बार सबको देख चुकने के बाद उनके मन में शंका जागी और उन्होंने दुबारा उन्हें देखा। बीच में सोने की कोशिश की, लेकिन फिर एक तेज़ उत्तेजना, गहरी उत्सुकता और साँस रोक देने वाली व्याकुलता ने उनकी नींद उड़ा दी और वे लगातार कई–कई बार उन्हें एक–एक कर देखते रहे। उनके कमरे के फ़र्श पर, पलंग पर चारों ओर काग़ज़ की नन्हीं–नन्हीं तमाम रंगों की चिन्दियाँ बिखरी हुई थीं और राम सजीवन उनके बीच बैठे थे।

राम सजीवन ने पूछा–"अनु, तुम्हें पता है, गाँवों में लोग किस तरह से रहते हैं? बंजर ज़मीन और सूखे आसमान से लड़ते–जूझते उन लोगों की हड्डियाँ कैसे निकल आती हैं? सामन्ती दमन और महाजनी शोषण का एक कभी न ख़त्म होने वाला सिलसिला कैसे उनके जीवन को कीड़े–मकोड़ों से बदतर बना डालता है...'

अनीता की आँखें भीग गयी थीं। राम सजीवन ने रजाई से अपना सिर ढाँप लिया और फूट–फूट कर रोते रहे। लगभग तीन घण्टे।

राम सजीवन की आँखें फटी–फटी और लाल रहतीं। लगता कि उनका लहू गालिब के मुताबिक़ सिर्फ़ रगों में दौड़ने–फिरने

का ही कायल नहीं रह गया है, बल्कि आँखों में आकर ठहर गया है। मुँह खुला रहता तो खुला ही रह जाता। दाढ़ी, किसी अफ्रीकी जंगल की तरह बेतरतीब और अराजक हो चुकी थी। पतलून के पायंचों में मिट्टी और धूल लगी होती।

जब कोई उनसे कुछ कहता तो कुछ समझने में उन्हें काफ़ी वक़्त लगता और अक्सर वे कुछ और समझ जाते। फिर वे बड़ी आत्मीयता, बेफ़िक्री और निश्छलता से उसे अपने प्रेम के बारे में बताने लगते।

उस दिन बालकनी में अनीता के साथ एक बूढ़ी महिला खड़ी थी। कत्थई बार्डर की सफ़ेद साड़ी पहने। बिल्कुल बगुले के पर जैसे बाल। पतली सुनहरी कमानी का चश्मा। वे दोनों उनकी बालकनी की ओर देख रही थीं।

राम सजीवन ने हफ़्तों के बाद अपना चेहरा धोया। पानी की ठण्डक से उनका मन खिल उठा। उन्होंने दूसरा कर्ता पहना। बालकनी में निकले और आकाश की ओर देखकर मुस्कुराये फिर उन्होंने नेरूदा या और किसी भी कवि की कोई कविता याद करनी चाही, लेकिन पता नहीं क्यों बार–बार उनके दिमाग़ में बंकिम चन्द्र की यही पंक्तियाँ घूमने लगती थीं–

'शस्य श्यामलाम् सुजलाम् सुफलाम् मातरम्, वन्दे मात्रम्!'

राम सजीवन ने इन्हीं दिनों एक लेख लिखा–'समाज की वर्तमान आर्थिक–राजनीतिक स्थिति और वर्गीय अन्तर्विरोधों की विकास अवस्था''।

यह लेख उनके संगठन में, रात में विशेष रूप से बुलाई गयी बैठक में पढ़ा गया। राम सजीवन की वस्तुपरक दृष्टि और सामाजिक परिस्थितियों की वैज्ञानिक समझ की प्रशंसा की गयी।

उस दिन राम सजीवन विश्वविद्यालय के कैफ़ेटेरिया में देर तक बैठे रहे। सामने कुछ मेज़ों को छोड़कर अनीता बैठी थी। वह अपनी नोटबुक में कुछ लिख रही थी।

राम सर्जीवन अच्छी तरह जानते थे कि वह नोटबुक में

कुछ लिख नहीं रही है। लिखने का सिर्फ़ अभिनय कर रही है और अगर वह वहाँ बैठी है तो सिर्फ़ इसलिए कि वे वहाँ बैठे हैं।

इन दिनों सबसे बड़ा संकट था कि कोई उनसे उनके प्रेम के बारे में कुछ सुनना नहीं चाहता था और उनके पास इसके अलावा कोई दूसरा विषय नहीं था।

सम्बन्धों का लोप हो चुका था।

एक कारण यह भी था कि राम सजीवन अपने प्रेम के बारे में जो कुछ बतलाते, उसकी भाषा इतनी अलग होती थी कि उसे समझना और किसी के लिए सम्भव न था। उनके निकट के दोस्त भी उनसे कतराते। नवीन ढौंढियाल ने एक दिन बतलाया कि रात में क़रीब दो बजे राम सजीवन उसके कमरे में आये। उनकी आँखें चौड़ी और लाल थीं। कुर्ता फटा था और मैला था। लगभग आधे घण्टे तक फ्रेंच जैसी किसी भाषा में बोलते रहे। बीच–बीच में हकलाते थे, मुँह से लार बहने लगती थी। फिर वे देर तक हँसते रहे।

नवीन ढौंढियाल, असलम अख़्तर, शिरीश मिश्र, कल्याण कुमार दास सभी लोग मिलकर राम सजीवन के कमरे में पहुँचे। निर्णय लिया गया था कि राम सजीवन ने अपने चारों ओर जो संसार रच लिया है उसे तोड़कर, उसे नष्ट करके ही उन्हें बचाया जा सकता है। शिरीश ने कहा, उन्हें ''इंटेंस स्क्रीजो फ्रेनिया'' है। उनके भ्रम को असलियत से टकराकर उसे तोड़ना पड़ेगा।

"हम कोई दया नहीं करेंगे। बीवेयर ऑफ़ पिटी," असलम ने नारा दिया।

राम सजीवन अपने कमरे में ही थे। रजाई में घुसे हुए। शिरीज मिश्र ने बात शुरू की–"देखिए सजीवन बाबू, सच्चाई तो ई है कि ऊ लड़की अभी आपका नामो नहीं जानती और न ही उसे पता है कि आप ऊ से प्यार कर रहे है।, मंजनू की नाईं।"

"और यह भी सच है कि आप बिना कुछ किये, सोचते ही सोचते पागल हुए जा रहे हैं। चलिए हमारे साथ, हम आपको अनीता चाँदीवाला से मिलवा देते हैं।"

"लेकिन सजीवन बाबू, ई बात आप अच्छी तरह से जान लें कि जउन वर्ग की ऊ लड़की है ऊ वर्ग में रउआ की हालत चपड़ासीऊ से गयी गुज़री है। रउआ का पता है कि नहीं कि ऊ लड़की का बाप केनिया में फैक्टरी चला रहा है और अनीता चाँदीवाला कैम्ब्रिज में पढ़के इहाँ आयी है।"

"आप हाथ–मुँह धोइये। अच्छे कपड़े–लत्ते पहनिए, दाढ़ी–दूढ़ी बनाइये और क़ायदे से रहिए, जब ऐसी लड़की से प्यार किया है तो ज़रा उसके माफ़िक़ बनिए।"

"और नहीं बन सकते तो फ़ौरन अपनी दुनिया में लौट आइये। आँखें खोलिए, धूप को देखिए। वह लड़की किसी और संसार की है। आप किसी और दुनिया के वासी हैं गुरुदेव! जो आप वर्ग–वर्ग करते रहते हैं वह ख़याली पुलाव नहीं एक ठोस सच्चाई है। इसे जानिए। वर्गीय अन्तर्विरोध में सिर्फ़ संघर्ष ही नहीं होता, कविताएँ ही नहीं लिखी जातीं, जलूस और नारे ही नहीं लगते। प्यार–व्यार जैसी कई चीज़ें भी उसके हाथों मारी जाती हैं।"

"राम सजीवन होश में आइये।"

"आप सब में नहीं आयेंगे तो पागल हो जायेंगे।"

वे सारी बारी–बारी से बोलते रहे। यह सब कुछ पहले से तैयार कर लिया गया था। यह एक क्रूर–निर्मम नाटक था।

राम सजीवन निस्पन्द पड़े रहे। उसी तरह। फिर उन्होंने ज़ोर–ज़ोर से गाना शुरू किया। उनकी आँख से आँसू बह रहे थे।

लोगों ने बाद में जाना कि यह गीता का दूसरा अध्याय था। आश्चर्य यह था कि वह बाबू राम सजीवन को याद था–पूरा का पूरा।

एक दिन हॉस्टल के वार्डन ने नवीन ढौंढियाल और कल्याण कुमार दास को अपने ऑफ़िस में बुलाया। वार्डन सदगोपाल ने उनके सामने एक अन्तर्देशीय पत्र रखा, "इसे पढ़िये आप लोग और बताइये कि क्या किया जाये?"

वह प्रेम पत्र था जिसे बाबू राम सजीवन ने अनीता चाँदीवाला

को लिखा था और उसे कमरा नम्बर 316 के पते पर पोस्ट कर दिया था। पत्र दो भाषाओं में था, अंग्रेज़ी में भी और हिन्दी में भी। उसमें जीवनानन्द दास, लोर्का, नेरूदा और टैगोर की पंक्तियाँ थीं। अपने हृदय के गहरे प्रेम का मर्मान्तक और विदारक वर्णन था। कल्याण कुमार दास को वह पत्र किसी उत्कृष्ट क्लैसिक का एक अंश लगा।

वार्डन सदगोपाल ने कहा–"वह लड़की बहुत डर गयी है। उसने सिक्योरिटी प्रोटेक्शन की माँग की है। आज सुबह ही उसे पत्र मिला। पहले तो उसे पता ही नहीं लगा कि किसने लिखा है, फिर उसने चौकीदार धीरज सिंह नेगी से पूछा। राम सजीवन ने अपना नाम–पता साफ़ लिख रखा है।"

"उस लड़की ने क्या कहा है?" ढौंढियाल ने पूछा।

"वह बहुत डर गयी है।" वार्डन ने बतलाया–"कह रही थी कि पिछले दिनों से उसे ऐसा ज़रूर लगने लगा था कि एक पागल–सा आदमी लगातार उसे घूरता रहता है, लेकिन उसने पहले इसे गम्भीरता से नहीं लिया था। अब बात दूसरी है। आप लोग कुछ कीजिए। फ़िलहाल मैंने उसे समझा दिया है। लेकिन अच्छा होगा आप लोग राम सजीवन को कुछ दिनों के लिए उनके गाँव भेज दें। यहाँ से बाहर रहेंगे, हवा बदल जायेगी तो शायद वे ठीक हो जायें।"

रात की गाड़ी से राम सजीवन को जबरन उनके गाँव भेज दिया गया। सभी लोग उनके साथ स्टेशन गये। असलम अख़्तर को तो साथ–साथ गाँव तक भेजा गया। वह तीसरे दिन उन्हें पहुँचाकर लौटा। बाबू राम सजीवन का कमरा उस हॉस्टल से बदलकर एक ऐसे हॉस्टल में किया गया, जिसमें सिर्फ़ लड़के रहते थे। उनकी ग़ैर–मौजूदगी में उनका सारा सामान पहले वाले कमरे से निकालकर नये वाले कमरे में किया गया।

कुछ दिनों बाद वार्डन ने फिर कल्याण कुमार दास और नवीन ढौंढियाल को बुलाया और उनके सामने अन्तर्देशीय पत्रों

का एक पुलिन्दा रख दिया। सभी पत्र राम सजीवन ने गाँव से अनीता चाँदीवाला को भेजे थे। अनीता चाँदीवाला ने उन पत्रों को खोला भी नहीं था और चौकीदार धीरज नेगी के हाथों वार्डन के पास भेज दिया था।

वे पत्र मेज़ पर रखे थे। हवा में धीरे–धीरे काँपते; बिल्कुल बंद, उन्हें किसी ने भी नहीं पढ़ा था। कल्याण कुमार दास ने उन्हें उठाकर अपने झोले में डाल लिया, जिसके भीतर गहरा अँधेरा था।

राम सजीवन अब फिर लौट आये हैं, एक साल तक गाँव में रहने के बाद। अनीता चाँदीवाला रिसर्च ख़त्म करके केनिया जा चुकी है। कल्याण कुमार दास एक अख़बार में उपसम्पादक हो गया है। नवीन ढौंढियाल को गोहाटी के किसी चायबाग़ान में अच्छी नौकरी मिल गयी है।

राम सजीवन को पूरा यक़ीन है कि अनीता चाँदीवाला अभी भी यहीं विश्वविद्यालय में है। वह उन्हें देख रही है। वे किसी अदृश्य इम्तहान में गुज़र रहे हैं।

राम सजीवन अभी भी समाज की वस्तुगत परिस्थितियों, दर्शन की भौतिकवादी परम्पराओं, वर्गीय अन्तर्विरोधों पर कभी–कभी लेख आदि लिखते रहते हैं।

दद्दू तिवारी : गणनाधिकारी

वे दिन बहुत पुराने हो गये जब दद्दू तिवारी अभी–अभी जुते खेत की नम मिट्टी में समनू, जैपाल, रमना, रमेश और तमाम गाँव के लड़कों के साथ कबड्डी खेला करते थे। गाँव के दूसरे छोर पर बने तालाब के किनारे अपनी चड्डी, बनियान उतारकर रख देते थे और नंग–धड़ंग पानी में घुसे रहते। शर्म के साथ उनका परिचय तब तक नहीं हुआ था। नदी जाते तो सारी दोपहर केकड़े पकड़ते या नदी के पत्थरों और काई–कूई हटा–हटाकर तेलफूँ और गड़नू मछलियाँ खोजते। तब दद्दू तिवारी में ब्राह्मणत्व नहीं पैदा हुआ था, तब तक वे 'द्विज' नहीं थे क्योंकि कई बार रमना और जैपाल के साथ नदी किनारे की रेत में उपलों–कण्डों में भूनकर सोंधी–सोंधी कोतरी मछलियाँ उन्होंने नमक–मिर्च के साथ खायी थीं। तब उनमें जाति की ऐसी भावना भी पैदा नहीं हो पायी थी। क्योंकि कई बार समनू का जूठा अमरूद खा लेते, सरई के पत्तों से बनाई गयी चोंगी में तम्बाकू भरकर एक ही चोंगी में सभी वर्णों के लड़के सुट्टा मारते। उनमें जाति–भेद की भावना तब पैदा नहीं हुई थी इसकी पुष्टि इस तथ्य से और भी हो जाती है कि वे अरहरिया में गाँव के मोची गनेसवा की लड़की दुअसिया के साथ दो बार उसका होंठ चूसते हुए रँगे हाथ पकड़े गये थे।

वे दिन सचमुच पुराने हो गये। तब दद्दू तिवारी के पास एक बनियान थी जिसमें दुनिया–भर का मैल लिथड़ा रहता था।

तब दद्दू तिवारी की चूतड़ और घुटनों में अक्सर फोड़ा निकला रहता था, जिस पर मक्खियाँ भिनभिनाया करती थीं। उनकी नाक भी बारह महीनों बहती थी, कभी–कभी वे उस ओर अपनी जीभ घुमा लिया करते थे।

अब तो तिवारी जी छह फुट लम्बे हो गये थे। शरीर उनका महात्मा गाँधी मार्का ही था लेकिन भुजाएँ आजानुबाहु थीं। लम्बी–लम्बी भुजाएँ घुटनों तक पहुँचती हुईं। छोटी–छोटी कंजी सी आँखें, नीचे की ओर बढ़ती हल्की–भूरी मूँछें, और निहायत पतली कमर। वे चलते तो लगता जैसे बाँस की लाठ ने चलना सीख लिया है। दद्दू तिवारी ने तीन साल पहले तीसरे दर्जे से हायर–सेकेंडरी की परीक्षा पास कर ली थी और अब बेकारी में ही दिन गुज़ार रहे थे।

जैसा कि दुनिया की हर भाषा में एक ऐसी कहावत ज़रूर होती है। जिसका आशय यह होता है कि कभी–न–कभी घूरे के भी दिन फिरते हैं तो उसी तरह तिवारीजी के दिन भी फिरे।

उनके बप्पा श्री भदहा तिवारी ने दद्दू तिवारी के बारे में भारतीय सिनेमा से भी अधिक हैरतअंगेज़ और रंगीन सपना देख रखा था। कई–कई बार दद्दू उन्हें दरोगा की वर्दी में नज़र आते और उनकी बेंत पण्डितजी के तमाम दुश्मनों की पीठ पर बरसती दिखायी देने लगती। कभी दद्दू जीप में बैठे दिखते और गाँव के कुओं का मुआयना करने के लिए कोट–पैंट में सजे–धजे नीचे उतरते। गाँव के लोग हाथ बाँधे हुए उनको खुश करने की फ़िराक़ में दाँत दिकाले दिखायी देते। कभी पण्डित जी देखते कि दद्दू तो मिनिस्टर हो गया है। सफ़ेद कुर्त्ता, कत्थई जैकेट और सफ़ेद पाजामा। लाउड स्पीकर के माइक पर दद्दू तिवारी का भाषण गूँजता और लोगों की भीड़ श्री दद्दू तिवारी जिन्दाबाद, जिन्दाबाद चिल्लाती। पण्डित जी का रोम–रोम सिहर जाता।

कई बार शाम होती तो पण्डितजी दद्दू को अपने पास बिठाकर दुनिया में कुछ कर गुज़ारने की हिकमत और उसूल

समझाया करते। वे बतलाते कि दुनिया में आदमी की इज़्ज़त ओहदे और पैसे से होती है, और नहीं तो चाहे जितना भला करो, लोग तो पगलैट ही समझते हैं और मौक़ा पड़ने पर कस के बत्ती लगा देते हैं। वे कहते—दद्दू फ़क़ीरचन्द बनने से अच्छा है नदी में डूबकर जान दे देना। कलियुग के बारे में चाणक्य स्वामी का कहना है कि येन—केन प्रकारेण धन और प्रभुता अर्जित करनी चाहिए। साध्य उत्तम हो तो अधम कोटि का साधन भी चल जायेगा।

बचपन में पण्डितजी दद्दू की कसकर धुनाई करते थे। एक विशेष जगन्नाथी सोंटा उन्होंने इस उद्देश्य के लिए अलग रख छोड़ा था। पवित्र तीर्थस्थल से लाये गये इस दैवस्थानी बेंत प्रहार से ही अगर दद्दू की भाग्य बाधा दूर हो जाय तो उत्तम। बचपन में दद्दू किसी के खेत से मटर की फलियाँ उखाड़ लेते या खीरे चुरा लेते तो पण्डितजी इसी सोंटे से दद्दू पर प्रहार करते। आठवें दर्जे में एक साल डुबकी लगा लेने पर दद्दू तिवारी पर भीषण सोंटा—वर्षण हुआ था। अगर त्रेता या सतयुग रहा होता तो दद्दू "त्राहि माम्, त्राहि माम्" कहकर रोते। यह कलि का असर था कि उनके मुँह से "अरे दौड़ो रे, बप्पा ने मार डाला...मार डाला...माड़डाला...रे। जैसी भाषा निकल रही थी।

ये बातें तो पुरानी हुईं। अब दद्दू तिवारी के ग्रह—नक्षत्र उन्हें उस मोड़ तक ले आये थे जहाँ से वे कुछ अंशों तक अपने बप्पा के सपनों को पूरा कर सकते थे।

हुआ यह था कि केन नदी के ऊपर पुल बनकर तैयार हो गया था। पुल बनने में चालीस लाख ख़र्च हुए थे और उसके उद्घाटन के मौक़े पर मुख्यमन्त्रीजी ने कहा था कि यह क्रान्ति हुई है कि यहाँ पंचगाँव के पास केन के ऊपर पुल बन गया है। पुल के ठेकेदार को बधाई देते हुए उन्होंने कहा कि अब इस इलाक़े में साम्प्रदायिक तनाव दूर होगा, पिछड़े वर्गों और जातियों के लोगों को विकास करने का पूरा मौक़ा मिलेगा। अब

हरिजनों और आदिवासियों के बच्चे बड़ी आसानी से पुल पार करके बनारस, कलकत्ता, इलाहाबाद आदि बड़े शहरों में उच्च शिक्षा प्राप्त कर सकेंगे। इस पुल के कारण इस क्षेत्र की आर्थिक असमानता दूर होगी। तालियों की गड़गड़ाहट के बीच पुल के ठेकेदार त्रिलोकी कांस्ट्रक्शन प्राइवेट लिमिटेड के स्वत्वाधिकारी श्री त्रिलोकीनाथ अरोड़ा ने मुख्यमन्त्री और पी.डब्ल्यू.डी. के अफ़सरों को धन्यवाद देते हुए कहा कि बिना इनके सहयोग के यह कार्य हो ही नहीं पाता। उन्होंने कहा कि जनता का कल्याण तभी हो सकता है जब मन्त्री और सरकारी अफ़सर ठेकेदारों के साथ सहयोग करें। यह पुल इसका उदाहरण है। इसके बाद देश की बेरोज़गारी का करुण चित्र खींचते हुए श्री अरोड़ा ने कहा कि पंचगाँव के आस–पास के इलाक़े की बेरोज़गारी को दूर करने के लिए वे इस केन किनारे के पुल के पास इस शिव मन्दिर का निर्माण पन्द्रह दिन के भीतर कर देंगे। इसमें एक पुजारी और एक फर्राश की नियुक्ति सरकारी तनख़्वाह पर होगी। दोनों नौकरियाँ स्थायी होंगी।

श्री अरोड़ा की इस घोषणा पर स्वयं मुख्यमन्त्रीजी ने तालियाँ बजायीं। उद्‌घाटन समाप्त होने पर स्वागत समिति के अध्यक्ष पंचगाँव प्राथमिक पाठशाला के प्रधानाध्यापक श्री नत्थूलाल शर्मा ने अरोड़ा और मुख्यमन्त्रीजी को धन्यवाद दिया और जनता को बतलाया कि ठेकेदार इतने उदार और जलकल्याण की भावना से भरे हुए हैं कि पाठशाला की दो सीढ़ियों की मरम्मत उन्होंने ख़ुद सीमेंट दान करके करवाई हैं। शिक्षा के प्रसार और जनता के उद्धार के प्रति समर्पित ऐसे गाँधीवादी अरोड़ा जी पर कुछ स्थानीय लोगों ने जिस तरह से सीमेंट प्रकरण उठाकर घृणित आरोप लगाये हैं, वह शर्मनाक है। जनता, विद्यार्थी और शिक्षक वर्ग को ऐसी राजनीति से दूर रहना चाहिए। केन नदी का पुल राजनीति से ऊपर है।

केन नदी के इसी पुल ने दद्‌दू तिवारी के भाग्य को बदला।

यह नदी दो ज़िलों की वास्तविक सीमा रेखा थी। अब पुल के ज़रिये दोनों ज़िले मिल गये थे, इसलिए वहाँ पर एक चुंगीनाका बनने की बात तय हुई। पुल पार करने वाले वाहनों पर टैक्स लगाया गया। भरे हुए ट्रक पर आठ रुपया, ख़ाली पर चार, जीप कार आदि गाड़ियों पर दो रुपया, ट्रैक्टर आदि कृषि उपयोगी वाहनों पर छूट वग़ैरह–वग़ैरह।

पण्डितजी भदहा तिवारी अपने गाँव के ग्राम पंचायत सरपंच श्री मोहरसिंह से मिले और अपनी दरिद्रता का रोना रोया। मोहरसिंह पण्डितजी को लेकर पी.डब्ल्यू.डी. के ओवरसियर से मिले। ओवरसियर ने एस.डी.ओ. से बातचीत की।

और इस तरह दद्दू तिवारी महामना मदनमोहन मालवीय स्मृति केन पुल के चुंगीनाका में गणनाधिकारी के पद पर नियुक्त कर दिये गये। वेतनमान 320–600। एक चपरासी भी नियुक्त किया गया।

अब पण्डित भदहा तिवारी इस प्रयत्न में लगे कि शिवमन्दिर के पुजारी के पद पर अगर उनकी स्वयं की नियुक्ति हो जाय तो घर में लक्ष्मीजी सावन–भादों की तरह बरसने लगेंगी। यह सुना जा रहा था कि शिवमन्दिर के पुजारी की नियुक्ति सरकारी होगी और उसे पुजारी नहीं, धर्माधिकारी कहा जायेगा। वेतनमान 240–420।

दद्दू तिवारी की गणनाधिकारी के पद पर नियुक्ति का गाँव में बड़े जोश से स्वागत किया गया। पण्डितजी ने ख़ास मथुरा के पेड़े बाँटे जिसे उन्होंने कोतमा बाज़ार के मथुरा मिष्ठान भण्डार से ख़रीदा था। पण्डितजी ने उस दिन दद्दू से कहा कि वे जाकर गाँव के हर व्यक्ति से मिलें। गाँव दरअसल एक परिवार ही होता है। ईश्वर की कृपा से ऐसे शुभ कार्य में लग जाने के पूर्व गाँव के वरिष्ठ जनों, गुरुजनों का आशीर्वाद और अन्य जनों का स्नेह, मंगलकामना प्राप्त करना ही अभीष्ट है।

दद्दू तिवारी उस दिन बहुत विनम्रता में, सिकुड़े–सिमटे

सबसे मिले। लोग उन्हें आशीर्वाद देते तो वे कृतज्ञता में और भी झुक जाते। अपने दोस्तों के साथ वे गले लगकर मिले, उन्हें अपने सीने से लिपटाकर कसकर भींच लिया कि देखो इतना बड़ा अधिकारी होने पर भी दद्दू तिवारी को घमण्ड और गरूर लेशमात्र भी छू नहीं गया है। विनम्र होने की इस चेष्टा में दरअसल दद्दू नट बन गये थे, बार–बार उनका सींक जैसा शरीर झुकता, कभी दोहरा हो जाता कभी तिहरा, दोनों हाथ बार–बार विनती की शक्ल में जुड़ते, आँखें मुँदतीं और दाँत बाहर निकल आते। बार–बार "सब आप ही की कृपा है, दया है दद्दा" जैसे वाक्य बोलते। कोई उन्हें सीने से लगाता तो वे छुई–मुई हो जाते। झुककर पैर छूते।

दूसरे दिन पुल के परली तरफ़ कुछ लकड़ी के खूँटों के ऊपर एक टिन का टुकड़ा डाल दिया गया। अरहर की खड़िया से तीन तरफ़ आड़ बना दी गयी। इस तरह जो टपरा तैयार हुआ वही दद्दू तिवारी गणनाधिकारी का कार्यालय था।

तीसरे दिन पंचगाँव पाठशाला से एक हत्थेवाली लकड़ी की कुर्सी और एक मेज़ मँगा ली गयी और उसे भव्य कार्यालय में रख दिया गया।

चौथे दिन दद्दू तिवारी ने एक नेम प्लेट बनाकर कार्यालय की बाहरी दीवाल पर टाँग दिया जिसमें लिखा था–

श्री डी. तिवारी
गणनाधिकारी

पाँचवें दिन से रामनरेश चपरासी के पद पर बहाल होकर आ गया और इस तरह से चुंगी नाका के परिवहन का कार्यालय का कार्य सुचारु रूप से चलने लगा।

जब कोई ट्रक आता और बैरियर बन्द होने पर रुकता तो दद्दू की धड़कनें तेज़ हो जातीं, कोई भारी–भरकम ड्राइवर उतरकर उसमें से आता, दद्दू तिवारी को कुर्सी पर बैठा देखकर सलाम

करता, जेब से आठ रुपये निकालकर मेज़ पर रखता। दद्दू तिवारी उसके ट्रक का नम्बर पूछते, लिखते, नीचे अपना दस्तख़त करते...डी, बुन्दी, टी...आई...डब्ल्यू...ए...आर....आई। डी. तिवारी। किसी–किसी ट्रक का ड्राइवर असभ्य होता तो सीधा ट्रक से आवाज़ मारता, "कितने रुपये माँगता है यार, फटाफट ले ले।" दद्दू तिवारी को यह अपमानजनक लगता। आख़िर कार्यालय और पद की भी कोई गरिमा होती है। ऐसे में वे उतनी ही ऊँची आवाज़ देते, "चपरासी, देखना ट्रक लोडेड है कि नहीं।" थोड़ा रुककर फिर आवाज़ देते, "कोई इल्लीगल माल तो नहीं लदा है इसमें?"

धीरे–धीरे ज़्यादातर ड्राइवर–क्लीनर उन्हें जानने लगे। वे ट्रक में से ही चिल्लाते, "तिवारीजी नमस्कार।" दद्दू मुस्कुराकर जवाब देते। एक ड्राइवर परवीन बाबी का रंगीन तस्वीर वाला कैलेंडर उन्हें दे गया। उसे उन्होंने कार्यालय में टाँग लिया। चुंगीनाका खुलने, बैरियर के होने और ट्रकों, गाड़ियों के उस जगह रुकने की वजह से सड़क के दूसरी ओर एक चाय–भजिया का ढाबा और एक पान–सिगरेट–बीड़ी की दुकान भी खुल गयी। कई ट्रक ड्राइवर लम्बे सफर से थके हुए, गर्द में सने आते। ट्रक वहीं खड़ी करके नदी में नहाते। ढाबे वाले से दाल रोटी बनवाते और दारू पीकर वहीं ट्रक में सो जाते।

दद्दू तिवारी का परिचय और उनका सम्मान इस तरह बढ़ता रहा। टपरे उर्फ़ कार्यालय के भीतर कैलेंडरों और तस्वीरों की संख्या तरक़्क़ी करती रही।

दद्दू तिवारी ने रामनरेश को कह रखा था कि वह रोज़ गीले कपड़े से मेज़ को अच्छी तरह साफ़ करे। चाय का हल्का–सा दाग भी वहाँ नहीं होना चाहिए। दद्दू तिवारी एक दिन बाज़ार से काँच के दो गिलास ख़रीद लाये। एक उनके पानी वग़ैरह पीने के लिए। दूसरा गिलास उन्होंने टेबिल पर रखा। उसमें

एक चौथाई नदी की रेज भर दी, ऊपर पानी भर दिया और फिर उसमें गुड़हल के दो लाल–लाल फूल लगा दिये। इस तरह उनकी मेज़ सजने लगी।

रामनरेश से उन्होंने उसी दिन कह दिया था कि सवेरे जब ड्यूटी पर आये तो आते हुए फूल ज़रूर अपने साथ ले आये और लाकर गिलास में लगा दे।

कुछ दिनों बाद उन्होंने एक तौलिया लाकर कुर्सी की पीठ पर डाल दिया और फिर कुछ दिनों बाद रुई का तकिया कुर्सी पर कुशन की तरह विराजमान हो गया।

अब दिन–रात उनके दिमाग़ में कुर्सी–मेज़ घूमती। वे लगातार उस मेज़ को सजाते। एक दिन पेपरवेट लाकर उसमें रखा। फिर अंग्रेज़ी पत्रिकाओं में छपे समुद्र या नदी में डूबते या उगते सूरज के रंगीन फ़ोटोग्राफ़्स ब्लेड से काटकर, लेई लगाकर उस पर चिपकाया।

घर में उनका सम्मान बढ़ गया था। पण्डितजी रोज़ उनके नाके का हाल पूछते। पण्डितजी उसे 'चुंगीनाका' कहते थे जबकि दद्दू चाहते थे कि उसे 'ऑफ़िस' कहा जाय। एक दिन दबी ज़ुबान से अपना एतराज़ उन्होंने बप्पा पर प्रगट भी कर दिया। पण्डितजी दद्दू की मनोभावना समझते थे इसलिए उन्होंने ज़ोरों से उमड़ती अपनी हँसी को रोक लिया।

दद्दू हमेशा धुले और प्रेस किये हुए कपड़े पहनते। टेरिकाट की पैंट और टेरिकाट की शर्ट। काली बूट।

जब कभी रमना या समनू उन्हें 'दद्दू साले' कहकर बुलाते तो वे भीतर से सुलग उठते थे। ऐसा उन्हें गणनाधिकारी बनने के डेढ़–दो माह बाद से होने लगा था। बचपन के दिनों के सभी साथी अब उन्हें बदतमीज, देहाती, लफंगे और असभ्य लगने लगे थे। उनसे बात करना भी दद्दू तिवारी को अखरता था। बचपन में जब वे गाँव के टाट पट्टी वाले स्कूल में गड़ना नाला लाँघकर पढ़ने जाते थे तो अक्सर स्कूल से गोल मार कर

सनई के खेतों में छिपकर खीरा या भुट्टा खाते, या कभी–कभी बीड़ी के सुट्टे मारते। उन दिनों उनका सबसे पक्का दोस्त रमेश हुआ करता था।

दो दिन पहले ही रमेश उनके 'कार्यालय' में आकर उनकी टेबल पर चढ़कर बैठ गया था। उस वक़्त कुछ ट्रक ड्राइवर दद्दू तिवारी से पर्ची बनवा रहे थे। रमेश उन्हें हमेशा 'दद्दू साले' कहकर बात करता था। गाँव के सृजनशील लोक कलाकारों द्वारा निर्मित एक से एक उर्वरक और सम्भावनापूर्ण गालियाँ उसके मुँह से अनायास झरती रहतीं। दद्दू भीतर–भीतर से तिलमिला रहे थे। रमेश का टेबल पर चढ़कर बैठना और बार–बार गालियों में लपेटकर अपने स्नेहपूर्ण सम्बोधन 'दद्दू साले' का इस्तेमाल करना उन्हें 'कार्यालय' की मर्यादा का गम्भीर उल्लंघन लग रहा था। ड्राइवरों पर इसका अच्छा असर नहीं पड़ेगा। तिवारीजी का सम्मान और उनके पद की गरिमा ख़तरे में थी।

आख़िरकार वे उठे। कुर्सी से तनकर खड़े हो गये। उनका चेहरा पत्थर जैसा हो गया और बहुत गम्भीर और ऊँची आवाज़ में उन्होंने कहा–"रमेश जी, यह आपका मकान नहीं है, ऑफ़िस है, ऑफ़िस। एंड–ड्यूटी इज़ ड्यूटी।

रमेशजी, यू गेट आउट।"

रमेश सकपका गया। एक–दो मिनट तक उसकी समझ में नहीं आया कि दद्दू साले को अचानक क्या हो गया। फिर उसने घूमकर देखा। चपरासी रामनरेश डरा हुआ सा खड़ा था। उसे याद आया कि जयपाल, समनू, गनेश सभी दोस्तों ने बतलाया था कि दद्दू अब बदल गया है। रमेश कुछ बोलना चाहता था, लेकिन यह झटका इतना गहरा था कि वह कुछ नहीं कह सका। चुपचाप उठकर चला गया।

इसके बाद दद्दू तिवारी ने रामनरेश से कहा कि "गाँव का कोई छोकरा आये तो उससे बाहर ही पूछ ले कि क्या काम है। अगर कोई ज़रूरी काम न हो तो उन्हें बाहर से ही लौटा दे।

गणनाधिकारी डी. तिवारी के पास इतना फ़ालतू वक़्त नहीं है कि वे इस तरह की लफंगई में उलझें।"

दद्दू तिवारी की मेज़ लगातार सजती रही। अब उसमें एक ऐश ट्रे रखा था। एक पेन होल्डर भी आ गया था। काँच की एक चौकोर शीट उसमें रख दी गयी थी। एक दिन उन्होंने बप्पा से बतलाया था कि उनकी मेज़ ओवरसियर की मेज़ से भी ज़्यादा अच्छी है। बस बिजली का कनेक्शन मिल जाये तो वे एक टेबल लैम्प लाकर और रख दें। कभी–कभी रात–बिरात काम करना पड़ता है।

दद्दू तिवारी ने गाँव के ऐसे–वैसे लोगों से मिलना–जुलना छोड़ दिया था। कभी–कभी ठाकुर साहब के घर में जाकर ताश वग़ैरह खेल आते। उनका ज़्यादातर उठना–बैठना बाज़ार के लोगों के साथ ही होता। इन लोगों में उनके विभाग के कर्मचारी, कुछ दुकानदार आदि थे। गाँव में तिवारीजी के हमउम्र ज़्यादातर बेरोज़गार थे और खेती–किसानी के हाड़तोड़ काम ने उन्हें गँवार, असभ्य और देहाती बना दिया था।

और तभी वह घटना घटी।

एक दिन सवेरे दस बजे पुल पार करने के लिए एक प्राइवेट जीप आकर रुकी। ड्राइवर ने चपरासी रामनरेश को इशारा किया कि वह बैरियर खोल दे जिससे जीप निकल जाये। रामनरेश ने तिवारीजी से पूछा। तिवारीजी ने उससे कहा कि वह जाकर देख आये कि वाहन निजी है या सरकारी।

वह जीप पास के क़स्बे जैसिंह नगर के दारू भट्ठी के ठेकेदार की थी जिसमें विशुद्ध महुए के ठर्रे के नशे में धुत्त क़ानूनगो, नायब तहसीलदार, एक्साइज इंस्पेक्टर और पटवारी रामनाथ महतो बैठे हुए थे।

रामनरेश ने देखकर बताया कि वाहन प्राइवेट मालूम होता है और उसमें कुछ शराबी–कबाबी बैठे हुए हैं। डी. तिवारी

गणनाधिकारी ने तुरन्त निर्देश दिया कि जब तक रोड टैक्स की रसीद न कट जाय, नाके का बैरियर न खोला जाय।

उधर जीप का हॉर्न बेतहाशा बेसुरी बीन की तरह बज रहा था।

बैरियर को न खुलते देखकर क़ानूनगो ने वहीं से आवाज़ दी–"अरे, टपरे में कौन बहरा बैठा है साला, जीप का गला बैठा जा रहा है और हरामजादा बैरियर नहीं खोल रहा है।"

एक्साइज इंस्पेक्टर सन्तरा पीकर धुत्त था। उसके गले से सहस्र सुरों में फटी हुई असंख्य मोटी बाँसुरियों की आवाज़ निकली–"अबे खोल बे हरामी, खोल।"

पटवारी रामनाथ महतो पास के गाँव बिछिया का कोरी था। रिजर्वेशन में पटवारी बन गया था। उसके सारे हाकिम–हुजूर जीप में बैठे हुए थे। वफ़ादारी और सेवकाई जताने का इससे बढ़कर दूसरा अवसर कहाँ मिल सकता था। वह जीप से उतरा और गणनाधिकारी के कार्यालय की ओर बढ़ा।

दद्दू तिवारी के कानों तक ये आवाज़ें पहुँच रही थीं। अकेले होते तो कोई बात नहीं। चपरासी रामनरेश और सड़क पार के ढाबे–दुकान वालों के सामने उनके अधिकार और सम्मान पर सरासर हमला हो रहा था। उस दुबली काया में क्रोध कभी–कभी दुर्वासा मुनि की तरह फूटा करता था। इस वक़्त यही हालत थी।

तब तक नायब तहसीलदार की आवाज़ आयी–"देखना पटवारी टपरे से खींचकर बाहर ले आओ साले को, घण्टा–भर हो गया।"

दद्दू तिवारी अपनी कुर्सी पर और जमकर बैठ गये। बड़े गम्भीर, तटस्थ और निर्लिप्त भाव से उन्होंने पटवारी रामनाथ महतो को देखा, क़लम खोली, रजिस्टर निकाला और बोले–"हाँ तो आपकी जीप का नम्बर क्या है? इसमें कोई इल्लीगल सामान तो नहीं है? दो रुपया रोड टैक्स जमा करें तभी बैरियर खुलेगा।"

पटवारी ने ज़ोर से डकार ली। गणनाधिकारी का परिवहन

कर कार्यालय महुए की गन्ध से भर उठा। इसके बाद पटवारी उनकी टेबल के पास आकर खड़ा हो गया–'सुनो हो दद्दू, हम एक पइसा टैक्स–फ़ैक्स नहीं देंगे। सबके सब सरकारी ड्यूटी में हैं। जीप भी सरकारी ड्यूटी में है–बैरियर खोलो।" दद्दू तिवारी ने प्रतिवाद किया कि लेकिन जीप प्राइवेट है सरकारी नहीं। पटवारी महतो ने कहा–"हम कह रहे हैं इसलिए सरकारी है और अगर ज़्यादा देर तक बुक–बुक करते रहे तो गरदन पकड़कर रेत में गाड़ देंगे ससुरे।"

"बैरियर तो नहीं खुलेगा। यह क़ानून का उल्लंघन है।" गणनाधिकारी बोले। यह बोलना ही ग़लत हो गया। पटवारी महतो ने टेबल उलटकर दद्दू तिवारी को पकड़ लिया और घसीटता हुआ उन्हें कार्यालय के बाहर निकाल लाया।

"मारो साले को।" जीप से सारे हाकिम चीख़े और इधर पटवारी महतो ने दद्दू तिवारी को कमर से ऊपर उठाकर सड़क पर पटक दिया।

चपरासी रामनरेश चुपचाप देख रहा था।

गणनाधिकारी बहुत ज़ोर लगा रहे थे, लेकिन पटवारी ने किसानों से मुफ़्त में घी–दूध खाया था, जौर और शुद्ध गेहूँ की रोटियाँ खायी थीं, आदिवासियों या भूमिहीनों का मुर्गा हजम किया था–उसमें साँड जैसी ताक़त थी। फिर महुए का राष्ट्रीय ठर्रा। "नहीं खोलोगे बैरियर ससुर क़ानून के पोथे...आँय..." और इसके बाद धरती पर पड़े गणनाधिकारी के चेहरे, छाती और सिर पर महतो का जूता फटाफट बरसने लगा। दद्दू तिवारी ने चपरासी को आवाज़ दी, लेकिन रामनरेश टट्टी के बहाने केन के किनारे–किनारे उगे बेशरम की झाड़ियों में कहीं गुम हो गया था।

दद्दू तिवारी का मुँह सूज गया था। कुहनियाँ और पीठ छिल गयी थी। टेरिकाट का पैंट घुटनों के पास से फट गया था, क़मीज़ के बटन टूट गये थे और उधर बैरियर खोलकर जीप सर्र हो गयी थी।

यह अत्यन्त शर्मनाक घटना थी। चपरासी रामनरेश का कहीं पता नहीं था। गणनाधिकारी ने पूरी घटना की नोटशीट बनायी–

एक–एक बात का उल्लेख किया और उसमें यह भी लिखा कि एक कोरी ने क़ानून का पालन करने वाले एक ईमानदार सरकारी ब्राह्मण को जूते से मारा है। इस पर तत्काल कार्रवाई की जाये।

फिर एक दूसरी नोटशीट उन्होंने बनायी जिसमें चपरासी रामनरेश को उसकी नियमितता, अनुशासनहीनता और काम के प्रति लापरवाही के कारण तुरन्त नौकरी से बरख़ास्त करने की माँग की।

दोनों नोटशीटों पर दस्तख़त करके उन्होंने साइकिल उठायी और ओवरसियर के ऑफ़िस की ओर चले।

ओवरसियर ऑफ़िस में नहीं थे। घर में सो रहे थे। पता लगा, उन्होंने सख़्त हिदायत दे रखी थी कि घर में उनको कोई डिस्टर्ब न करे। अभी–अभी क़ानूनगो, नायब तहसीलदार और पटवारी के साथ उनकी पार्टी थी। खा–पीकर वे लोग जीप से चले गये। और ओवरसियर साहब आराम फ़रमा रहे थे।

दद्दू तिवारी के दिमाग़ में एक काली आँधी चल रही थी। सारे खम्भे रेत की तरह धँसक रहे थे। आज खुली सड़क पर उनका अपमान हुआ था। पटवारी महतो ने उन्हें जूते से मारा था और वे बिल्कुल निहत्थे थे। उन्हें उम्मीद थी कि ओवरसियर को घटना बतलाते ही उच्चस्तरीय कार्रवाई होगी, मामला सीधे सरकार और पुलिस को जायेगा और ईमानदार–कर्तव्यनिष्ठ सरकारी कर्मचारी–गणनाधिकारी–के कर्तव्य में बाधा डालने, अवैधानिक दबाव डालने, शरीरिक हमला करने के जुर्म में पटवारी–क़ानूनगो मुअत्तल कर दिये जायेंगे।

लेकिन यहाँ स्थिति दूसरी थी। उनकी अपनी नौकरी ख़तरे में पड़ गयी थी। वे लोग साहब के दोस्त थे और अगर उन्होंने शिकायत की तो...।

डी. तिवारी के कन्धे झुके हुए थे, चेहरा रंगहीन निराशा में डूबा हुआ था। वे घर लौट रहे थे। उन्हें याद आ रहा था कि चार–पाँच

साल पहले शहर के एक दुकानदार के साथ उनका झगड़ा हो गया था और दुकानदान ने उन्हें पीट दिया था। गाँव में जैसे ही यह ख़बर पहुँची थी पूरा गाँव इकट्ठा हो गया था। समनू, रमेश, जैपाल, रमना सभी ने डण्डे उठा लिए थे। दुकानदार को घेर लिया गया था और उसे माफ़ी माँगनी पड़ी थी।

दद्दू तिवारी गाँव पहुँचे तो यह ख़बर हर तरफ़ पहुँच चुकी थी कि उन्हें आज पटवारी महतो ने जूतों से मारा। बप्पा उनके पास आये...दुःखी थे। "अपनी इज़्ज़त अपने हाथ होती है दद्दू ऐसा व्यवहार ही मत करो कि ऐसा वक़्त देखने को मिले। गाँव के लोग जो हमारी बढ़ती देखकर जल रहे थे, आज ख़ूब ख़ुश हैं। और तो और, तुम्हारा लँगोटिया यार रमेश लोगों को उछल–उछलकर बतला रहा है कि कैसे पटवारी ने जूते से तुम्हारी पिटाई की।...अभी कुछ नहीं बिगड़ा है...वे लोग नशे में थे। यह तो मुलाजिमों की आपसी लड़ाई है, सुलह कर लो।"

दद्दू तिवारी को उम्मीद थी कि गाँव से कोई–न–कोई आएगा। उनसे हाल पूछेगा–फिर पूरा गाँव एक हो जायेगा। लेकिन कोई नहीं आया। वे अकेले खटिया में पड़े रहे और जागते रहे। उन्हें नींद नहीं आयी। वे अकेले हो गये थे...बिल्कुल अकेले। दद्दू साले के साथ पूरा गाँव था...और डी. तिवारी गणना अधिकारी का साथ देने वाला एक परिन्दा तक नहीं।

सुबह जब वे नाके की ओर अपनी ड्यूटी पर जा रहे थे, तो गली में खेलते दो–तीन बच्चों ने उन्हें देखकर ज़ोरों से नारा लगाया–

"दद्दू तिवारी
गन्ना धकारी
मारा कसके
है पटवारी"
और भाग गये।

दद्दू तिवारी के पैरों को कोई वज़नी चीज़ खींच रही थी और एक अथाह सन्नाटा कान में बजने लगा था।

हीरालाल का भूत

हीरालाल की कथा गाँव रामपुर के घर–घर में फैली हुई है। रात होती है, चूल्हे ठण्डे हो जाते हैं, थोड़े से काँसे–पीतल के बर्तन धुलकर कोने में समेट दिये जाते हैं और चीथड़ों, कम्बलों–धुस्सों में घुसकर जब लोग अपनी गर्म साँसों की आँच में ठण्ड से लड़ते हैं, तो अक्सर हीरालाल का ज़िक्र आ जाता है।

हीरालाल इसी गाँव में पैदा हुआ। कहते हैं, जिस दिन उस.का जन्म हुआ, उसी दिन–रात में भूडोल आया था और साँप काटने से रामजी पटेल का बाँका भतीजा मर गया था। रात–भर एक घुग्घू उस रात मुँडेरों पर रोता रहा। बड़ी रहस्यपूर्ण, भुतही और डरावनी रात थी वह। हीरालाल को जन्म देते ही, आठ घण्टों बाद, उसकी माँ ज़्यादा ख़ून निकलने से मर गयी। गाँव में दो–दो लाशें पड़ी थीं और हीरालाल किलकारियाँ मार रहा था। बेला की माँ का कहना है, "हिरवा ज़रा भी नहीं रोया। एक बूँद आँसू उसकी आँखों से नहीं ढुलका। वह किलक रहा था और अपनी छोटी–छोटी मुठ्ठियाँ हवा में उछाल रहा था। सबसे असगुन बात यह कि उसके मुँह में बत्तीसों दाँत थे और सिर में घने घुँघराले काले बाल। बगल में माँ की लाश पड़ी थी, बाप सुधन्ना खटिया की पाटी में माथा पटक–पटककर रो रहा था और हिरवा किलक–किलककर हँस रहा था।"

बेला की माँ को दया आयी। कितना कुभाग, बिपदा लेकर पैदा हुआ है हिरवा! आते ही अनाथ हो गया। उसकी माँ को तो

मरना ही था। उसके शरीर में बचा ही क्या था! खाँसी के साथ ख़ून के क़तरे आते थे। गठिया धर लेता था। कब तक घिसटती! हिरवा ने अपने जन्म के साथ ही उसका उद्धार कर दिया। अब खुद भुगतेगा। कभी माँड़ पियेगा, कभी बकरी का छटाँक भर दूध। बेला की माँ के मन में बड़ी ममता जागी। उसने हीरालाल को उठाकर गोद में रखा कि तभी हीरालाल ने किलकना बन्द कर दिया और गहरी आँखों से उसकी ओर ताका। अभी तक उसे धोया–पोंछा नहीं गया था। पूरे शरीर में ख़ून और गन्दगी लिथड़ी हुई थी। अभी–अभी, कुछ पल पहले तक वह एक जिन्दा औरत के गर्भ में था। अब वह औरत मर चुकी थी।

बेला की माँ को लगा कि हीरालाल ने जिस नज़र से उसे देखा है, वह उसके कलेजे को भेदती हुई भीतर तक उतर गयी है। उस नज़र में बच्चे जैसा कुछ नहीं था। उसे लगा कि उसके सारे पापों को उधड़ती हुई वह जलती हुई आँख उसके भीतर अँधेरे में दीये की तरह जलने लगी है। उसे डर लगा। पसीना छूट आया। उसने फिर कभी हीरालाल को गोद में नहीं उठाया।

हीरालाल का पूरा बचपन धूल–माटी में बीता। पाँच साल का था तभी से बकरियाँ चरानी पड़ीं और जंगल से लकड़ियाँ कराड़कर लानी पड़ीं। बाप सुधन्ना ठाकुर के घर से कभी–कभी ठर्रा पीकर आता था और खाना माँगता था। सात साल का हीरालाल खाना पकाना भी सीख गया था। सुधन्ना के हाथ–पैर तो सींक जैसे थे, लेकिन पेट में भसम कुण्ड था। दैत्य–दानवों की तरह खाता था। खाना कम पड़ता तो वह हीरालाल को पीटकर पेट भरता।

लोगों ने इस बात की ओर कभी ध्यान नहीं दिया कि हीरालाल ने बोलना छोड़ दिया है। अपनी उम्र के बच्चों के साथ उसे खेलते तो वैसे भी कभी नहीं देखा गया था। वह लगातार काम ही करता रहा। बकरियों के स्वभाव, बीमारियों के बारे में उसे इतनी गहरी और बारीक़ जानकारी हो गयी थी कि गाँव में जब कोई बकरी बीमार होती तो हीरालाल को ही बुलाया जाता।

वह उन्हें छूता, ग़ौर से देखता और फिर पास के जंगल से कुछ पत्तियाँ तोड़ लाता। लेकिन वह बोलता नहीं था। हँसता भी नहीं था। सिर्फ़ एक घटना ऐसी है जिसमें उसके हँसने का ज़िक्र है।

हुआ यह था कि गाँव के एक बड़े किसान मलखान चौधरी की दो भैंसें बीमार पड़ीं। दोनों दुधारू थीं। मलखान की अच्छी–ख़ासी जायदाद थी। एक ट्रैक्टर था। सिंचाई के लिए डीजल पम्प था। आठ बन्धुआ मज़दूर थे, जो दिन–रात उसके यहाँ काम करते थे। गाँव में जब कभी भी किसी ग़रीब की ज़मीन बिकती तो ख़रीदने वाले मलखान ही होते। भैंसे बीमार पड़ीं तो हीरालाल को बुलाया गया। उसने उन्हें देखा, छुआ। गर्दन और पुट्ठों पर हाथ फेरा, फिर चला गया। शाम को चार बजे उसने सिर्फ़ छोटी–छोटी दो पत्तियाँ उन भैंसों को खिलायीं। सवेरे दोनों भैंसें हाथी की तरह फूली हुई मिलीं। उनकी लाश चौगुनी हो गयी थी। सबेरे जब गाँव के मोची धनुकलाल ने हीरालाल को बतलाया कि मलखान की भैंसें मर गयी हैं और उसे खाल उतारने के लिए बुलाया गया है, तो उसका कहना है–हीरालाल हँसा। बड़ी ज़ोर से। हकाहक। ठहाका लगाकर। धनुकलाल ने यह बात लोगों को बहुत बाद में बतायी क्योंकि उसे डर था कि अगर वह उसी दिन बता देता तो मलखान हीरालाल को शक–शुबहा में पकड़वा लेते। हीरालाल जैसे अनाथ और घुन्ने लड़के पर धनुकलाल को बड़ी दया आती थी। सो वह चुप ही रहा आया।

तो, हीरालाल चुप रहता था। कहते हैं कभी–कभी जंगल में बकरियाँ चराते वक़्त वह गाता था। लेकिन उन गीतों का कोई मतलब नहीं होता था। जैसे यही एक गीत–'समधिनिया रे, तेरे लहँगे में गड़बड़ घोटाला'।

हीरालाल की उम्र सत्रह–अठारह साल की हो गयी थी, तब उसे ठाकुर हरपाल सिंह की हवेली में काम के लिए लगा दिया गया। उसी साल उसकी शादी पोंड़ी गाँव के फूलचन्द ग्वाले की लड़की फुलिया के साथ हुई, जो शुरू से ही कुछ फ़ैशन वाली थी।

गाँव के लोग कहते थे कि हिरवा जैसे घुन्ने और चिपोंग आदमी के पास वह टिकेगी नहीं, कई–कई भर्तार करेगी और कुछ दिनों में घर के बर्तन–भाँडे लेकर चम्पत हो जायेगी। लेकिन, ऐसा कुछ नहीं हुआ। वह वहीं रही, हिरवा के ही साथ। उसी साल बाप सुधन्ना बीमार पड़ा। बीमारी में भी चार दिन तक वह हरपाल सिंह के खेत की निराई में जाता रहा। पाँचवें दिन सुबह से ही उसे तेज़ ज्वर हो आया था। ठाकुर का जकीड़ेदार लल्ला पण्डित सुबह काम के लिए उसे बुलाने आया तो वह आँगन में अँगोछा में मुँह ढाँपकर पड़ा हुआ था। लल्ला पण्डित ने कहा, "साला जाँगरचोर, दिक बिमारी का बहाना बनाकर यहाँ ऐश कर रहा है और अपनी जवान बहू से आँखें लड़ा रहा है।" सुधन्ना वैसे ही पड़ा रहा। न हिला न डुला। लल्ला पण्डित ने गाली बकी और डण्डे से उसे कोंचा, तो भी वह वैसे ही काठ के लट्ठ की तरह पड़ा रहा। हिरवा की दुलहन मुँह ढाँपकर आयी और बोली, "रहने दो पण्डित जी, बड़ा तेज़ जर चढ़ा है इन्हें," तो लल्ला पण्डित ने कहा, 'ठाकुर का खेत कौन निरायेगा ससुरी! चल तू ही चल उसकी जगह। कल जब आज के लिए सेर–भर खवाई माँग लाया था, तब इसने नहीं सोचा कि आज इसका जाँगर नहीं चलेगा!"

हीरालाल की बीवी फुलिया तैयार होकर अपने ससुर की जगह ठाकुर के खेत की निराई में चली गयी और सुधन्ना उसी तरह अँगोछे में मुँह ढाँपे आँगन की धूप में पड़ा रहा। दोपहर बकरियाँ चराकर हीरालाल लौटा और अपनी धुन में रोटी खाने बढ़ा जा रहा था तो आँगन में लेटे सुधन्ना से अभिठकर गिर पड़ा। उसने देखा उसका बाप मर चुका है। उसी रात सुधन्ना को जला दिया गया। गाँव की रस्म के मुताबिक़ ठाकुर हरपाल सिंह, पण्डित और मलखान चौधरी जैसे कुछ बड़े घरों को छोड़कर किसी के घर में चूल्हा नहीं जला।

हीरालाल रोया–धोया नहीं। उसी तरह चुप रहा। लोगों ने उसे कभी फुलिया से बात करते भी नहीं देखा था। न कोई

हँसी–ठिठोली, न झगड़ा, न मारपीट। कुछ लोगों का कहना था कि हीरालाल का दिमाग़ बड़ा नहीं हुआ है और वह भोंदू है। कुछ कहते थे कि वह सब कुछ समझता है और भीतर–ही–भीतर सारी बात पी जाता है।

हरपाल सिंह के घर में हीरालाल को घर का सारा काम करना पड़ता था। लकड़ी चीरना, घर की झाड़ू बुहार, लिपाई–पोताई करना, कुएँ से पानी खींचकर घर भर के डेढ़ दर्जन लोगों को नहलाना, सब्ज़ी काटना, बिछौना–बिस्तर लगाना, गाय–भैंसों को सानी–भूसा देना, उपले–कण्डे पाथना, कपड़े धोना, बर्तन माँजना, ठाकुर हरपाल सिंह की रोज रात दस बजे से साढ़े ग्यारह बजे तक लहसुन के छौंकवाले सरसों के तेल से मालिश करना, फिर रात के बर्तन धोना, बाज़ार से सौदा–सुलुफ लाना और फिर तमाम छोटे–बड़े काम–पानी दे जाना, हुक्का सुलगाना, बच्चों को टट्टी कराना, किसी को दौड़कर बुला लाना वग़ैरह–वग़ैरह।

लेकिन, हीरालाल सिर्फ़ सुनता था। बोलता नहीं था। कभी–कभी रात में उसे एकाध घण्टे की मोहलत मिलती तो सरला बेबी के कमरे में ट्रांजिस्टर के सामने घुप्पा बनकर बैठ जाता और गाने सुनता रहता। यह अन्दाज़ा लगाना मुश्किल था कि उसका दिमाग़ आख़िर सोचता क्या है। वैसे सोचने के लिए उसके पास समय भी नहीं बचता था। सारी हवेली में वह सुबह से चकरघिन्नी की तरह घूमता। बाहर बैठकी में पान–तम्बाकू चाय लेकर खड़ा हुआ हीरालाल, कुँए से बाल्टी खींचकर काँवर ढोता हीरालाल, आँगन में बैठकर सब्ज़ी काटता हीरालाल, विमला मालकिन के छोटे बाबू को कन्धे पर बैठाकर इधर–उधर दौड़ता हीरालाल। वह एक ही समय में सारे घर में मौजूद रहता। सरला बेबी स्वेटर बुनते–बुनते धीरे से बोलतीं; 'हीरालाल पानी' और ज़रा देर में हीरालाल लोटा–गिलास लेकर खड़ा मिलता। छोटे बाबू पिंपियाते; 'छिच्छी आयी' और हीरालाल उन्हें उठा लेता। बैठक में ठाकुर हरपाल सिंह पान का डब्बा खोलते 'लौंग नहीं

है।' हीरालाल लौंग लेकर खड़ा मिलता। वह जहाँ कहीं भी प्रकट हो सकता था। पूरी हवेली में उसकी साँसें गूँजतीं। हर जगह उसके पैरों की आहट होती। हर अँधेरे कोने में उसकी आँखें बनबिलाव–सी जलती रहतीं।

ऐसे सर्वव्यापी हीरालाल ने वह घटना न देखी हो, ऐसा हो नहीं सकता। घटना यह थी कि ठाकुर साहब की हवेली से पच्चीस गज़ हटकर चार कमरों और दालान की एक रिहायश बनी हुई थी। आने वाले मेहमान और दूर के रिश्तेदार वहीं ठहरते थे। उस रिहायश के सबसे किनारे वाले कमरे में गाँव का पटवारी रहने लगा था। नाम था कुलभूषण तिवारी। बारह साल वह पटवारीगीरी कर रहा था और कहता था कि "आने वाले भादों में क़ानूनगो बन जाऊँगा।" उम्र यही कोई पैंतीस–छत्तीस साल। कनपटी के बाल पकने लगे थे। माथा सिर के ऊपर की ओर बढ़ने लगा था। दाँत चूने–कत्थे से रच गये थे। हर वक़्त तम्बाकू खाता रहता था और रात में ठाकुर साहब के साथ बैठकी में शराब पीता था। पटवारी कुलभूषण से आसपास के गाँव के लोग डरते थे। उसका हलक़ा काफ़ी बड़ा था। बीस गाँव उसके हलक़े में आते थे। घूस लेता था। तहसील–कचहरी के चक्कर लगाते–लगाते लोग परेशान हो जाते थे, लेकिन पटवारी का लिखा ब्रह्मलेख होता था। हीरालाल के बाप सुधन्ना के पट्‌टे में डेढ़ एकड़ ज़मीन थी। लेकिन तीन साल पहले उसकी मौत के बाद ही पटवारी ने उस ज़मीन का क़ब्ज़ा हरपाल सिंह के नाम लिख दिया था और ठाकुर हरपाल सिंह ने हीरालाल से कह दिया था कि वह ज़मीन उसका बाप पहले ही उन्हें बेच गया था। अब हीरालाल के पास कुछ नहीं बचा था। उसका खरपरैल–फूस का घर भी क़ानूनी तौर पर हरपाल सिंह की ही ज़मीन में था।

तो घटना यह थी कि उस दिन हीरालाल शाम को ही ठाकुर शाहब के घर का सौदा सामान लेने बाज़ार चला गया था। दोपहर के बर्तन जूठे पड़े थे, इसलिए उन्हें माँजने और

बाक़ी काम निपटाने फुलिया वहाँ आयी हुई थी। शाम सात बजे होंगे कि ठाकुर साहब ने फुलिया को आवाज़ देकर बुलाया और उसे काग़ज़ बहीखाता देकर कहा कि इसे वह पटवारी को दे आये। शायद ठाकुर और पटवारी में पहले ही बातचीत हो चुकी थी। फुलिया कमरे में पहुँची तो पटवारी ने उसे पकड़ लिया, साँकल भीतर से चढ़ा ली, रेडियो की आवाज़ ख़ूब ऊँची कर दी और इस तरह हीरालाल की सम्पत्ति का आख़िरी कोना, उसकी औरत की आबरू भी जाती रही। आधे घण्टे बाद ठाकुर हरपाल सिंह भी उस कमरे में आ गये और फुलिया पटवारी के पलंग पर सिसकती रही। बाद में फुलिया को दोनों ने पाँच–पाँच रुपये दिये।

हीरालाल सामान लेकर लौट आया था। वह चुप था लगातार। थक गया था। रात में ठाकुर की डेढ़ घण्टे तक मालिश करने के बाद ग्यारह बजे वह घर लौटा तो फुलिया जगी हुई थी और रो रही थी। हीरालाल ने ख़ुद ही अपना बिछौना बिछाया और सो गया। रात दो बजे वह फिर उठा। फुलिया अब भी रो रही थी। हीरालाल ने उसके सिर पर हाथ रखा और कहा, ''कोई बात नहीं। चुपचाप सो जा। अपन दस रुपये की चादर ख़रीद लायेंगे।'' फुलिया की आँखें फटी रह गयीं। इसे पता कैसे चल गया दस रुपये का और उस सारी घटना का? लेकिन, हीरालाल की आवाज़ में इतना ठण्डापन और मलहम जैसी तासीर थी कि फुलिया का सारा दुःख और क्रोध छन्न से बुझ गया। उसके भीगे पपोटे धीरे–धीरे सूखने लगे और वह गहरी नींद में डूब गयी।

फुलिया को तसल्ली यह हुई कि यह पत्थर का मानुष बोलता ही नहीं, समझता भी है। इसके बाद फुलिया को अक्सर ही दूसरी–तीसरी रात पटवारी के साथ सोना पड़ता। कभी–कभी ही हीरालाल हवेली में ही काम कर रहा होता, लकड़ियाँ चीर रहा होता या भैंसों को सानी–भूसा दे रहा होता और उधर पटवारी के कमरे में फुलिया होती। हीरालाल आधी रात के बाद लौटता और सो जाता। एक ऐसी चुप्पी उसने साध रखी थी जिसके भीतर

क्या था इसे जानने की कोशिश फुलिया ही नहीं, किसी के भी दिमाग़ की नसों को झनझना सकती थी। गाँव का हर आदमी इस बात को जानता था कि हीरालाल का सब कुछ लूट लिया गया है। ज़मीन, जायदाद, ज़िन्दगी, पसीने से लेकर औरत की इज़्ज़त तक। हीरालाल के गाल पिचके होते, गले की हड्डियाँ निकली हुई होतीं, बाल धूल और पसीने में लिथड़े बिखरे होते, आँखें सो न पाने से लाल और फटी हुई होतीं। लगता अभी उनसे लहू निकलने लगेगा।

हीरालाल और ज़्यादा काम करने लगा। अपने आपको वह एक पल के लिए भी ख़ाली न छोड़ता। कोई काम न रहता तो दूसरी–तीसरी बार सारी हवेली में झाड़ू लगाने लगता था गट्ठ के गट्ठ लकड़ियाँ चीरने लगता। [या घर के पिछवाड़े के बगीचे को कुएँ से पानी खींच–खींचकर पानी से दबादब कर देता।] सरला बेबी, विमला मालकिन, ठकुराइन, बूढ़ी माँ जी सब उसकी तारीफ़ करते। फुलिया का कलेजा मुँह को आ जाता। हीरालाल एक बेचैन जिन्न की तरह था।

एक रात फुलिया की आँख दो–ढाई बजे खुल गयी। उसने देखा कि हीरालाल उकड़ूँ बैठा हुआ है और अपने मुँह को ज़ोर–ज़ोर से चला रहा है। फुलिया ने पहले सोचा कि शायद वह कुछ खा रहा है, लेकिन उसने देखा कि मुँह में कुछ नहीं है। हीरालाल का चेहरा कुछ चबाने के लिए लगाई गयी ताक़त की वजह से खिंच जाता था, वह आँखों को ऊपर चढ़ाकर ज़ोर की साँस छोड़ता था, फुफकार की तरह और फिर उस अदृश्य चीज़ को चबाने लगता था। बीच–बीच में दाँत किटकिटाने की आवाज़ आती लगी।

फुलिया डर गयी। लगता है हीरालाल सनक गया। कहीं अकेले में मन में कोई ऐसी–वैसी बात पैदा हो गयी और वह फुलिया का टेंटुआ ही दबा दे, या कुल्हाड़े से काट डाले! क्या भरोसा? फुलिया ने डर के मारे अपनी साँस रोक ली। तभी उसने

सुना कि हीरालाल के गले से एक भयानक, डरावनी गुर्राहट निकल रही है। पता नहीं, कहीं अभी यह जिन्न–प्रेत न बन जाये? लेकिन वह गुर्राहट नहीं थी। फुलया दहल गयी। हीरालाल रो रहा था। उसका पूरा शरीर सिकुड़ता, फिर फैलता और हिचकियों के साथ उसकी घुटी हुई रुलाई बाहर फूट पड़ती। यह ऐसा करुण और दर्दनाक रोना था, जिसमें चेहरा ही नहीं, हीरालाल का समूचा शरीर, उसके फेफड़े और आत्मा तक शामिल थी।

फुलिया उठी। उसका पूरा शरीर दुःख में पिघल रहा था। उसने हीरालाल के माथे पर हाथ रखा तो वह चौंक पड़ा। वह फिर पहले जैसा हो गया। चुप और शान्त। उठकर पेशाब करने बाहर गया और फिर सो गया।

हीरालाल ने अपने काम के घण्टे और बढ़ा दिये। अब वह पटवारी के कमरे की भी पूरी सफ़ाई करता। उसे तम्बाकू पान लाकर देता। ग्यारह बजे रात वह ठाकेर हरपाल सिंह की मालिश करता, इसके बाद वह वहाँ से तेल का कुप्पा लेकर पटवारी कुलभूषण तिवारी के पास आ जाता और फिर उसकी मालिश करता। कुछ ही देर पहले पटवारी के पास से उठकर फुलिया गयी होती। पटवारी के शरीर में अभी तक फुलिया के पसीने की गन्ध होती। उसी शरीर को लहसुन के छौंकवाले सरसों के तेल से हीरालाल सहलाता, चमकाता। पटवारी के जिस्म की एक–एक गाँठ चिटकाकर उसकी थकान निकालता। उसका चेहरा खिंचा रहता, कनपटी के पास की नस मोटी होकर तिड़कती रहती, बीच–बीच में वह कोई अदृश्य चीज़ चबाने लगता, लेकिन वह मालिश में लगा रहता।

अब वह मुश्किल से दो घण्टे सोता था। शायद उतना भी नहीं। क्योंकि एक बार और रात में, जब फुलिया की आँख खुली तो हीरालाल अपने बिछौने में नहीं था। फुलिया ने उठकर बाहर देखा, तो पूस–माघ के उस भयानक जाड़े मेंनंगे बदन हीरालाल एक पेड़ की तरह आँगन में खड़ा था और उसके शरीर पर पाले

की सफ़ेद पर्त जम गयी थी। फुलिया चीख़ पड़ी। उसकी चीख़ से वह चौंका और एक पत्थर की मूर्ति की तरह चलता हुआ आया। उसका चेहरा बिल्कुल सपाट था।

ठाकुर साहब के घर मेहमान आये। उनके पिता की बरसी थी। चालीस–पचास लोग ठसाठस हवेली में भर गये। दस दिन तक उन लोगों को रुकना था। हीरालाल मशीन बन गया। काम–ही–काम। पानी–ही–पानी। बर्तन–ही–बर्तन। लकड़ी–ही–लकड़ी। हीरालाल हर जगह प्रकट होता फिर अदृश्य हो जाता। हवा से चीज़ें पैदा कर देता। इलाहाबाद वाले ठाकुर साहब के साढ़ू कहते, "अरे ओ हिरवा एक गिलास पानी" और हीरालाल पानी पैदा कर देता। मँझली ठकुराइन कहतीं, 'हिरवा जलावन नहीं है' और पलक झपकते आँगन में आठ–दस मन लकड़ियों का ढेर दिखायी पड़ता। सत्तर लोग नहाते, सत्तर लोगों का कपड़ा धुलता, सत्तर लोगों का ज्यौनार होता, सत्तर लोगों के बर्तन धुलते। चौथे–पाँचवें दिन मेहमानों के बीच यह बात फैली कि हीरालाल सारा काम जागते हुए नहीं, नींद में करता है। रात में सरला बेबी ने देखा कि वह आँखें बन्द किये–किये मटके तक पहुँचा, वहाँ से लोटे में पानी लिया और मेहमानों को देकर चला गया। यक़ीनन वह सो रहा था क्योंकि उसकी नाक बज रही थी। पता लगाने के लिए मँझली ठकुराइन एक बार किवाड़ के पीछे छिप गयीं। हीरालाल पान की तश्तरी लेकर बैठक से लौट रहा था। वहाँ पर ठाकुर साहब, दारोगा जी, पटवारी और कुछ बुज़ुर्ग मेहमानों के बीच चौपड़ जमी हुई थी। हीरालाल जब किवाड़ के बगल से गुज़रा तो ठकुराइन ने पानी का छींटा उसके मुँह पर मारा। हीरालाल जाग गया और उसके हाथ से तश्तरी छूटकर गिर गयी।

हीरालाल सूखी लकड़ी का एक चलता–फिरता ढाँचा रह गया था। उमर उसकी छब्बीस साल थी जबकि उसे देखकर लगता कि वह कई सौ साल की ज़िन्दगी जी चुका है। मेहमानों

में कुछ नकचढ़े, छिछोरे, जवान रईसजादे भी थे। फुलिया के साथ क्या–क्या उन दिनों हुआ, यह पूरा गाँव जानता है। एक बात यह ज़रूर हुई कि फुलिया का पेट बढ़ने लगा और उसके दिन चढ़ आये।

काफ़ी दिनों, महीनों बाद, जब फुलिया का सातवाँ महीना चल रहा था, हीरालाल रात में ठाकुर और पटवारी की मालिश करके एक बजे रात घर लौट रहा था कि पता नहीं कहाँ से अँधेरे में दौड़ता हुआ एक पागल कुत्ता आया और उसने हीरालाल के टखने में अपने दाँत धँसा दिये। हीरालाल चीख़ा। उसकी चीख गाँव को पार करती उसके घर तक पहुँची और फुलिया भीतर से दहल उठी। हीरालाल को वह अपनी जान से ज़्यादा चाहती थी। फुलिया इन दिनों ठीक से चल–फिर नहीं पाती थी और पटवारी की रातें सूनी गुज़र रही थीं।

ज़रा देर बाद ही कराहता हुआ हीरालाल पहुँचा। दायाँ घुटना नीचे तक ख़ून से सना था। कुत्ते ने एक बार नहीं कई बार काटा था। आजकल फुलिया खाना नहीं बना पाती थी, इसलिए हीरालाल खाना ठाकुर के यहाँ से लेकर ही लौट रहा था। हीरालाल के दोनों हाथ खाने के बर्तन में फँसे हुए थे, इसलिए उसने कुत्ते को हटाने के लिए अपनी टाँगों का इस्तेमाल किया होगा। और उसकी इस कोशिश में, उसने जितनी भी बार कुत्ते को लात से मारा, उतनी बार उस कुत्ते ने उसे काटा था। हीरालाल ने पानी से अपने पैरों का ख़ून धोया, बाहर गया और जहाँ–जहाँ कुत्ते ने काटा था, वहाँ–वहाँ मिट्टी लगायी और खाना खाकर सो गया।

सातवें दिन से हीरालाल के शरीर में सूजन आने लगी। चेहरा, हाथ–पैर फूलने लगे। जिस्म में कँपकँपी होती और मुँह से लार बहने लगती। यह पहला दिन था, जब हीरालाल ठाकुर की हवेली में काम करने नहीं गया। वहाँ से कोई उसे देखने तो नहीं आया, लेकिन बूढ़ी हो चली बेला की माँ ने हवेली से ख़बर दी कि सरला बेबी और मँझली ठकुराइन का कहना है कि

हीरालाल को हीला–हवाला नहीं करना चाहिए और शहर जाकर कुत्तेवाला इंजेक्शन लगवा लेना चाहिए। वरना पागल कुत्ते के काटे से बचना मुश्किल है। (हीरालाल चुप ही रहा आया) बेला की माँ अपने घर से खाना लेकर आयी। उस दिन फुलिया की भी तबीयत बहुत खराब थी। वह चल–फिर नहीं पा रही थी और उसके पैरों में भी सूजन आ गयी थी। बेला की माँ ठाकुर को कोस गयी कि हीरालाल में जब तक दम रहा, उसने हवेली का काम जिन्न–जिन्नातों की तरह किया, अब बीमार है तो कोई देखने तक नहीं आया। मुआ पटवारी भी नहीं फिरा कि फुलिया के पेट में उसका कीड़ा कैसे पल रहा है, देख जाये। बड़े घरों का बड़प्पन घटता है हीरालाल को देखने में। कुकर्म करते नहीं घटता।

हीरालाल को रात में बहुत तेज़ बुख़ार चढ़ा। पूरा शरीर सूखी घास की तरह थर–थर काँप रहा था, आँख फटी जा रही थी और मुँह से लार बह रही थी। फुलिया किसी तरह उठकर गयी, तुलसी की पत्तियों को निचोड़कर उसका रस उसे पिलाया, तो भी कोई ख़ास असर नहीं हुआ।

आधी रात से ऊपर ही हो गया था। डेढ़ बजे होंगे। पहरुआ टनक गया था दो बार। फुलिया कई बार नींद की तेज़ आँधी में उड़ चुकी थी। तभी उसने 'गों–गों' की आवाज़ सुनी। बड़ी मर्मान्तक, डरावनी, अथाह पीड़ा, यन्त्रणा में डूबी आवाज़। यह किसी मनुष्य की आवाज़ नहीं थी। किसी आदमी के कण्ठ से ऐसी आवाज़ फूट ही नहीं सकती। यह आवाज़ उसकी झोंपड़ी से उठकर रात के अँधेरे में सारे गाँव के ऊपर भटकती रही। जिन लोगों ने सुना, उन्होंने डर के मारे अपने किवाड़ बन्द कर लिए। एक घुग्घू रोने लगा। जंगल में सियारों ने बोलना शुरू कर दिया। हीरालाल का शरीर बिल्कुल निस्पन्द पड़ा था और उसके गले से यह आवाज़ निकल रही थी।

हीलालाल भौंक रहा था। पागल कुत्ते की तरह। भौंक भी

नहीं रहा था। भौंकने और रोने के बीच का यह दारुण स्वर था। फुलिया रोने लगी ज़ोर–ज़ोर से। उसे ख़ुद तेज़ बुख़ार था। एक पशु और एक स्त्री की करुण आवाज़ें उस रात सारे गाँव में गूँजती रहीं। पटवारी, ठाकुर, मलखान, पण्डित जी, मँझली ठकुराइन–सभी ने सुना और उन्होंने अपनी रजाई सिर तक खींच ली। धनुकलाल, परमेसुरा, सँभारू, कोदू, रामचरण, दुअसिया, बेला सबकी आँखें गीली हो गयी थीं। कोई सो नहीं पा रहा था। भय और करुणा में पूरा गाँव निश्चल था। जैसे, रात के अँधेरे में पूरा गाँव पथरा गया हो।

अगली सुबह हीरालाल बड़ी मुश्किल से अपनी लगातार बहती लार और अकड़ी हुई जीभ के बावजूद यह समझा सकने में कामयाब हुआ कि उसे ठाकुर के घर का भरुआ मिर्च और आम का अचार खाना है। बेला की माँ अचार माँगने हवेली गयी। उसने सरला बेबी और मँझली ठकुराइन को रोते हुए बतलाया कि "मरते हुए आदमी का स्वाद जाग जाता है। मरने के पहले आदमी चटोर को जाता है। लगता है हिरवा अब बचेगा नहीं।" मँझली ठकुराइन उस वक़्त सरौते से सुपारी काट रही थीं। उन्होंने कहा, "हीरालाल का पाप निकल रहा है। सुना है मलखान की भैंसों को उसने ज़हर–पाती खिला दी थी" बेला की माँ सन्न रह गयी। इतना ख़ून, पसीना, ज़मीन–जायदाद, सेवा और बीवी की आबरू तक सोख लेने के बावजूद हिरवा के लिए ममता का एक तिनका तक इस हवेली में नहीं। उसका मन हुआ कि वह ज़ोर–ज़ोर से कहे, "पाप हिरवा को नहीं, तुम सबको ले डूबेगा नर पिशाचो! तुम्हें नरक में भी जगह नहीं मिलेगी। बिना तोंद हिलाये हीरालाल की जान के ऊपर तुम सब ऐश करते रहे। पटवारी और ठाकुर हरपाल के शरीर में तो पिस्सू पड़ेंगे। कोढ़ फूटेगा। टट्टी के रास्ते मवाद निकलेगा। अपने पापों के नरक कुण्ड की ओर ज़रा झाँको। हीरालाल को ख़बर तो भेज दी कि शहर में सूई लगवा लो, सूई के लिए, दवाई के लिए पैसा तुम्हारा ख़सम

देगा ठकुराइन? और वो मुआ पटवारी...पता नहीं कौन सा विषैला कीड़ा बैठाया है फुलिया के गर्भ में कि उसका पूरा शरीर नीला पड़ रहा है, ज्वर है और चेहरा कोंहड़े की तरह फूल गया है...।' लेकिन, बेला की माँ चुप ही रही। सरई के पत्ते में एक भरुआ मिर्च और आम के अचार की एक फाँक लेकर वह हीरालाल के यहाँ लौटी। मरते हुए हीरालाल के लिए भी अचार देती ठकुराइन का हाथ नहीं खुला। टुकड़ा फेंक दिया। कुत्ते की तरह।

हीरालाल कुत्ता ही हो गया था। अचार दिया, तो ज़रा–सा सूँघ और चाटकर छोड़ दिया। उसकी जीभ हाँफते कुत्ते की तरह बाहर लटक आयी थी, बीते–भर की। मनुष्यों की जीभ इतनी लम्बी तो होती नहीं। दिन–भर गाँव के लोगों की भीड़ उसके घर पर लगी रही। देखने वालों का ताँता लगा रहा। मोची धनुकलाल ने झाड़–फूँक का मन्त्र पढ़ा। पोंड़ी गाँव से आया हुआ मनराखन भगत आटे के भीतर से कुत्ते का रोयाँ निकाल गया। सधन्ना का जिगरी दोस्त बूढ़ा तिलकिया लोहबान आर अरंड के पत्ते जलाकर तन्त्र–मन्त्र करता रहा। फुलिया रोती रही और ख़ुद अपनी तकलीफ़ में तड़पती रही। गाँव के लोगों से देखा नही जा रहा था। कलेजा फटने लगता था।

शाम सात बजे हीरालाल हाथ जोड़कर, पालागन कर और गों–गों की आवाज़ निकालकर किसी तरह यह संकेंत देने में सफल हुआ कि वह ठाकुर हरपाल सिंह से भेंट करना चाहता है। उसने हाथों से एक अश्लील इशारा किया, दोनों हाथों से टमाटर का आकार बनाकर अपने सीने में लगाया तो बड़ी मुश्किल से अपनी हँसी रोकती बेला की माँ समझ पायी कि वह सरला बेबी से भी मिलने का इशारा है। सत्तर साल का बूढ़ा तिलकिया ख़बर देने हवेली गया। ठाकुर हरपाल सिंह ने सरला बेबी को वहाँ जाने से रोक दिया क्योंकि आज तक हवेली का रिवाज नहीं था कि ठाकुर घराने की कोई लड़की गाँव में किसी के घर जाये। ख़ुद उनकी भी जाने की हिम्मत नहीं हो रही थी। भीतर–भीतर

वह डर रहे थे। हीरालाल इतना भोंदू नहीं कि उसे अपनी ज़मीन और फुलिया वाली बात मालूम न तो। शुरू से ही वह चुप्पा और घुन्ना रहा है। कहीं अचानक उसने उन्हें काट लिया हो? पागल कुत्ते के काटे आदमी में भी आठ दिनों बाद पागल कुत्ते का ज़हर आ जाता है। वह काटे तो ब्रह्मा भी नहीं बचा सकता, चाहे सूई नहीं, महासूई लगवा लो, लेकिन गाँव का दबाव था। लोग ऐसी–वैसी बात फ़ौरन सोचने लगते हैं। जैसे यही बात कि जब तक हिरवा जिन्दा रहा, ठाकुर की हवेली ने उसका ख़ून निचोड़ा, जोरू के साथ गुलछर्रे उड़ाये, ज़मीन–जायदाद लूट ली और अब मरती बेर कोई झाँकने भी नहीं आया। लेकिन डर भी लग रहा था। चुप्पे आदमी का दिमाग़ सबसे ख़तरनाक होता है। पता नहीं हिरवा मरते–मरते क्या कर डाले!

ठाकुर को हीरालाल की अन्तिम इच्छा पूरी करने के लिए अपना दर्शन देने जाना पड़ा। एहतियात के तौर पर उन्होंने अपना मोटा डण्डा हाथ में थाम रखा था और फेंटे में पिस्तौल बाँज ली थी कि कहीं अगर हीरालाल काटने के लिए झपटा, तो साले की खोपड़ी तोड़ देंगे और पिस्तौल चला देंगे। आत्मरक्षा के लिए इतना तो क़ानून भी स्वीकार कर लेगा। फिर गवाही कौन देगा?

हरपाल सिंह हीरालाल की खटिया से दस गज़ दूर खड़े हुए। रामचरण ने हीरालाल के कान में मुँह सटाकर ज़ोर से कहा, ''ठाकुर आये हैं'' तो हीरालाल भौंका। तीन बार। फिर उसने अपनी गर्दन तिरछी की और कुत्ते की तरह रोने लगा। उसकी आँखें लाल अँगारों की तरह दहक रही थीं। बाहर लटकी हुई जीभ लपलपा रही थी। वह ठाकुर की ओर टकटकी बाँधकर देखता रहा। उसकी लार नीचे चू रही थी। फिर उसने हाथ से पालागन का इशारा किया और अचानक पलटी मारकर खटिया के नीचे गिर पड़ा। भीड़ में भगदड़ मच गयी। लोग भागने लगे। पता नहीं किसको काट ले। ठाकुर साहब का डण्डा छूटकर गिर पड़ा। कमर में पिस्तौल भी है, वह यह भूल गये। वह भागे।

धोती का फेंटा खुल गया। भगदड़ इतनी थी कि वह कई लोगों से टकराये।

लेकिन हीरालाल ने किसी को काटा नहीं। वह चौपाये की तरह ठाकुर हरपाल सिंह के पीछे–पीछे चलता रहा। भौंकता हुआ और रोता हुआ। कुत्तों की तरह। लोगों ने देखा कि ठाकुर साहब आगे–आगे हवेली की तरफ़ जा रहे हैं और उनके पीछे–पीछे दोनों हाथों और पैरों से रेंगता हुआ हीरालाल है। बीच–बीच में वह भौंकता और फिर बड़ी ही मर्मभेदी करुण आवाज़ में रोने लगता।

सामने एक गड्ढा था जिसमें बरसात का पानी इकट्ठा हो जाया करता था। पानी तो अब नहीं रह गया था, लेकिन उसमें दलदल और कीचड़ हमेशा रही आती थी। उसमें ठाकुर हरपाल सिंह पत्तियाँ और गोबर फिंकवाकर कम्पोस्ट खाद बनाया करते थे। कहते हैं, उस खाद के पड़ते ही खेत सोना उगलने लगता था।

ठाकुर हरपाल सिंह की आँखों में चमक आ गयी। हीरालाल उनका पीछा नहीं छोड़ रहा था। वह घूमकर उस गड़ही के दूसरी तरफ़ खड़े हो गये। उन्होंने हीरालाल को वहाँ से उसी तरह पुचकारा जैसे कोई कुत्ते को ललचाता है। हीरालाल ने करुण स्वर में आख़िरी बार अपने भौंकने और रोने की आवाज़ निकाली फिर घिसटता हुआ छह–सात फीट नीचे उस गड़ही में गिर गया।

लोग चिल्लाने लगे। एक–दो बार 'गों–गों' की आवाज़ गड़ही से ऊपर उठी फिर सब कुछ शान्त हो गया। हीरालाल उस कीचड़ में गिरकर धँस गया था। उसका दम घुट रहा था। नाक में कीचड़ साँस के साथ भर गयी थी और उसकी साँस बन्द हो गयी थी। लेकिन किसी में हिम्मत नहीं हो रही थी कि उसको बाहर निकाले। आख़िर बूढ़ा तिलकिया और रामचरण गड़ही में उतरे, रस्सी में बाँधकर हीरालाल को ऊपर खींचा गया। वह माटी का पुतला मालूम होता था। उसकी मृत्यु हो चुकी थी। गड़ही की दूसरी तरफ़ ठाकुर और पटवारी खड़े थे। हवेली की छत से ठाकुर घराने की सभी औरतें इस पूरी घटना को देख रही थीं।

फुलिया अपने घर में, हीरालाल की ख़ाली खटिया के बगल में, नीचे ज़मीन पर, बेहोश थी। उसके पास कोई नहीं था।

हीरालाल शाम साढ़े सात बजे मरा और ग्यारह बजे फुलिया मर गयी। फुलिया जब मरी तो वहाँ बेला की माँ और गाँव की बहुत सारी औरतें जमा थीं। फुलिया को मरने के पहले बड़ी ग़ज़ब की पीड़ा हुई। उसे हीरालाल के मर जाने की बात भी किसी ने नहीं बतायी। जब वह हिरवा की ख़ाली खटिया की ओर देखती तो औरतें कहतीं कि हीरालाल को ठाकुर ने अस्पताल भेज दिया है। फुलिया का पूरा शरीर सूजने लगा था और नीला पड़ने लगा था।। पौने ग्यारह बजे वह दर्द से छटपटाने लगी। बेला की माँ ने उसे काढ़ा जबरन पिलाया। कच्चे प्रसव की हालत थी। काढ़ा पीने के दस मिनट बाद ही फुलिया ज़ोर–ज़ोर से हाथ–पैर पटककर चीख़ने लगी और उसे ख़ून आना शुरू हो गया। बेला की माँ का कहना है कि फुलिया के गर्भ से कोई चार बाल्टी ख़ून निकला होगा। पूरी कोठरी ख़ून से लिथड़ गयी।

ग्यारह बजे रात, जब तालाब किनारे हीरालाल की चिता जल ही रही थी, अचानक गाँव के कुत्तों ने विलाप करना शुरू कर दिया। आकाश में कुमौसम बादल घिरे औश्र पारनी गिरने लगा। ग़ज़ब की गड़गड़ाहट आकाश में गूँज रही थी। बिजली कौंधती थी और जंगल में सियार बोलते थे। हवेली में सन्नाटा था। एक भुतही परछाईं सारे गाँव पर छा गयी थी। तभी गाँव की औरतों ने देखा कि फुलिया के गर्भ से एक काला झबरैला, पीला आँखों वाला कुत्ता बाहर निकला और हवेली की ओर भाग गया।

पता नहीं इस बात में सचाई है या नहीं, लेकिन यह तो ज़?रूर सच है कि फुलिया जब मरी, तो उसने किसी बच्चे को जन्म नहीं दिया था। उसका पूरा शरीर इतना ख़ून निकल जाने के बावजूद फूला हुआ था। उसी रात में, दो–ढाई बजे हीरालाल की चिता की बगल में उसे जलाया गया। हीरालाल और फुलिया

के दाह संस्कार में हवेली की ओर से कोई नहीं आया। पटवारी भी नहीं। ऐसा हवेली घराने का रिवाज़ भी नहीं था।

इसके बाद की कहानी ही असल कहानी है। इसे पूरे रामपुर गाँव के हर घर में सुना जा सकता है। एक–एक बच्चा आपको यह क़िस्सा सुनायेगा। हुआ यह कि हीरालाल और फुलिया की राख की उठावनी वाली रात में ही ठाकुर के रिहायशवाले मकान में आग लग गयी। पटवारी वहीं रहता था। वह तो किसी तरह वहाँ से भाग आया, लेकिन उसके तमाम ज़रूरी सरकारी काग़ज़ जल गये। वह सिर पटककर रोता रहा कि उसकी नौकरी अब चली जायेगी। कुछ लोगों का कहना है कि उन्होंने देखा कि उसी गड़ही में से, जिसमें हीरालाल गिरकर मरा था, एक आग का गोला लपकता हुआ ऊपर उठा और जाकर पटवारी वाले कमरे के छप्पर पर बैठ गया। कुछ का कहना है कि पटवारी दारू पीकर सिगरेट पीते–पीते सो गया था और आग उसकी रजाई में सबसे पहले लगी थी। पटवारी रिहायशवाले मकान के जल जाने के बाद हवेली में ही, पश्चिमी कमरे में रहने लगा था।

हीरालाल के मरने की पाँचवीं रात, ग्यारह बजे, किसी ने ठाकुर हरपाल सिंह के कमरे का किवाड़ खटखटाया। हरपाल सिंह उठे। उन्होंने पूछा, "कौन है?" आवाज़ आयी, "मालिश करवा लो मालिक..." ठाकुर साहब एक क्षण के लिए भूल ही गये कि हीरालाल मर चुका है। आदतवश उन्होंने दरवाज़ा खोल दिया। बाहर सिर्फ़ ठण्डी हवा थी, हड्डियों को कँपा देने वाली और उन्हें लगा कि उस हवा में कोई साँस ले रहा है। उनके सारे रोंगटे खड़े हो गये और वह घिघियाते हुए भागे।

उसी रात पटवारी कुलभूषण तिवारी को आधी रात ज़ोरों से पेशाब की लगी। कमरे से निकलकर दालान पार करना पड़ता था फिर सात सीढ़ियों नीचे ज़मीन आती थी। सीढ़ियाँ उतरकर हवेली की दीवार पर ही पटवारी धार गिरा रहा था कि पीछे से किसी के खाँसने की आवाज़ सुनाई पड़ी। उसने घूमकर देखा तो

सीढ़ी पर कोई सफ़ेद झक चादर ओढ़कर बैठा हुआ था। पटवारी ने पूछा, "कौन है रे!" "मैं हीरालाल..." उसने कहा और खड़ा हो गया। वह सफ़ेद खम्भे की तरह हो गया था और आसमान तक ऊँचा होता जा रहा था। पटवारी काँपने लगा। उसके होश फ़ाख़्ता हो गये। वह चीख़ना चाहता था, लेकिन गले से पतली सीटी की आवाज़ निकल रही थी। उसका सारा पेशाब पाजामे में ही निकल गया और वह बेहोश होकर वहीं गिर गया। सुबह सात बजे उसे उठाकर कमरे में ले जाया गया तो कमरे में टट्टी बिखरी हुई थी और ज़ोरों की बदबू उठ रही थी। रात में सीढ़ियों पर गिर जाने से पटवारी का माथा फूट गया था और उसे तेज़ बुख़ार हो आया था। वह पता नहीं क्या बड़बड़ा रहा था। लोगों ने कहा, उसे सन्निपात हो गया था।

अगली रात से अँधेरा घिरते ही गाँव को एक भारी परछाईं अपने नीचे घेर लेती थी। हवेली की मुँडेर पर बैठकर घुग्घू भयावनी आवाज़ में "घू...घू..." बोलता था। कुत्ते अचानक रोने लगते थे और हीरालाल के घर के पिछवाड़े रात में एक सियार आकर बोलता था। सियार की आवाज़ बिल्कुल आदमी की तरह होती थी। कुछ–कुछ वैसी ही आवाज़ जैसी हीरालाल बकरियों को हुर्रियाने के लिए निकालता था। हवेली के दरवाज़े भीतर से बन्द हो जाते और रात–भर वहाँ लोग डर से घिरे हुए किसी भावी विपदा की आशंका से काँपते रहते। रात–भर सारी हवेली में हीरालाल के पैरों की आहट सुनाई पड़ती। वह हर जगह हाँफता हुआ लगता। इतना ही नहीं, कभी–कभी ठाकुर हरपाल सिंह संडासघर में टट्टी करने जाते तो कोई बाहर से साँकल चढ़ा जाता और उन्हें देर तक उसमें बन्द होकर आवाज़ें लगानी पड़तीं। एक रात तो ग़ज़ब ही हो गया। सरला बेबल को लगा कि रात में कोई उनकी छाती पर चढ़ गया और ऐसी–वैसी जगह हाथ डालने लगा। उन्होंने उठना चाहा, बोलना चाहा, चीख़ना चाहा, लेकिन सब बेकार। शरीर का कोई भी हिस्सा उनका साथ

नहीं दे रहा था। सब सुन्न हो गया था। रात ज़्यादा भी नहीं हुई थी। किसी ने अचानक उनके ट्रांजिस्टर की आवाज़ ख़ूब ऊँची कर दी और इसके बाद जब सुबह उन्हें होश आया तो उनके शरीर पर एक भी कपड़ा नहीं था और रात में उनके साथ ज़ोर–ज़बरदस्ती कर डाली गयी थी।

बड़े–बड़े गुनी ओझा बुलाये गये। यज्ञ हवन हुआ। सारी हवेली में गंगा जल छिड़का गया। मन्त्र पढ़े गये। धूप–अगरबत्ती, लोहबान जलाये गये। कई तान्त्रिक तो ठाकुर साहब से रुपये ऐंठकर और बोतल में हीरालाल के भूत को बन्द करके भी ले गये तो भी कोई फ़र्क़ नहीं पड़ा। रात में कभी ठकुराइन अँधेरे में हीरालाल से टकरा जातीं, कभी मँझली ठकुराइन की साड़ी में खाना बनाते हुए चूल्हे की लपट लग जाती। ठाकुर और पटवारी की बाँह में तरह–तरह के गंडे–ताबीज बँधे रहते, लेकिन रोज़ रात में कुछ–न–कुछ हो जाता।

सरला बेबी ही नहीं, मँझली ठकुराइन और विमला मालकिन के भी कपड़े रात में उतर जाते और कोई सबकुछ कर जाता। ठाकुर साहब के लिए खाना परोसा जाता और जैसे ही वह खाने के लिए बैठते तो उन्हें हर चीज़ से मल की तेज़ गन्ध उठती हुई लगती। उन्हें उल्टी होने लगती। दाल का कटोरा ख़ून से भरा हुआ दिखायी देता। बैंगन कुत्ते के मांस में बदल जाता। सुबह उठते तो बिस्तर में हड्डियाँ मिलतीं। सरला बेबी को तो मिरगी के दौरे पड़ने लगे और वह लगभग पागल जैसी हरकतें करने लगीं। कभी–कभी वह नंगी होकर पटवारी के कमरे में घुस जातीं और उससे लिपटने लगतीं।

ठकुराइन ने एक दिन अचार का मर्तबान खोला तो उसमें गोबर और कीचड़ भरा हुआ था। जिस झाँपी में मोतीचूर के लड्डू थे उसमें ईंटें थीं।

एक रात ठाकुर हरपाल सिंह की आँख खुली तो हीरालाल बाक़ायदा, सशरीर, उनके पलंग के सामने मोढ़े पर बैठा हँस रहा

था। उसके हाथ में सरसों के तेल वाला कुप्पा था। उसने कहा, ''मालिश सरकार...'' और उनकी ओर बढ़ा। ठाकुर साहब बेहोश हो चुके थे। वह भी बीच–बीच में आँय–बाँय बकने लगते थे।

धनुकलाल और रामचरण कहते हैं कि एक रात बारह बजे पता नहीं हवेली में क्या हो गया था कि ठाकुर हरपाल सिंह बाहर दालान मे खड़े होकर धाँय–धाँय अपनी बारह बोर की दुनाली बन्दूक़ दाग रहे थे और पटवारी कुलभूषण तिवारी पागलों की तरह चीख़ता हुआ ज़ोर–ज़ोर से फ़र्श पर लाठी पटक रहा था। दोनों गला फाड़कर हुंकार रहे थे और चीख़ रहे थे। हीरालाल के घर के पिछवाड़े उस वक़्त भी सियार बोल रहा था।

आसपास के गाँवों में यह बात फैल गयी थी कि हवेली में ज़मींदार के घर के लोग कुछ सनक गये हैं। वहाँ कोई नहीं जाता था। एक बार पास के गाँव का कहार श्यामलाल अपनी ज़मीन का कोई मसला लेकर वहाँ धोखे से पहुँचा तो ठाकुर उसे देखते ही लट्ठ लेकर चीख़ने लगे, ''हीरालाल आया...। अरे दौड़ो ठकुराइन... हिरवा आ गया।'' पता नहीं कब उनका दिमाग़ सनक जाये और बन्दूक़ दाग़ दें, इसलिए कोई भूले–भटके भी हवेली की ओर रुख़ नहीं करता था।

छमाही बीतते–बीतते हवेली बर्बाद हो गयी। सरला बेबी का पेट बढ़ने लगा था और उन्हें पटवारी अपने साथ लेकर चंपत हो गया। सुना है, वे अपने साथ घर के सारे गहने–जेवर भी बटोर ले गयी थीं। लोग कहते हैं पटवारी भला उस मिरगी की मरीज़ का क्या करता? बदमाश भी वह असल था। उसने जेवर हथिया लिए होंगे और सरला बेबी को दिल्ली–बम्बई में कहीं बेच दिया होगा। मँझली ठकुराइन अपने मैके चली गयी थीं और फिर लौटकर हवेली नहीं आयीं। ठाकुर हरपाल सिंह इतने सारे सदमों में सूखकर काँटा रह गये थे। हर आदमी से डरते थे। उनके रिश्तेदारों ने उन्हें समझा–बुझाकर ठकुराइन और बिमला मालकिन के साथ तीर्थयात्रा में भेज दिया। तब से आज सात

साल हो गये, उनका कोई पता नहीं चला। कोई कहता है वे सब के सब साधू–फ़क़ीर बन गये। कोई कहता है कि हरिद्वार में जिस नाव में ये लोग सवार थे, वह नाव ही उलट गयी और सब डूब गये।

हवेली अभी भी वहाँ है। उस पर काई और घास छा गयी है। बन्द दरवाज़ों के भीतर कोई झाँककर देखने की हिम्मत नहीं करता कि उनमें क्या है। इतने साल की सूनी हवेली में बचा ही क्या होगा? अभी भी वहाँ रात में घुग्घू बैठकर "घू...घू...घू..." बोलता है। रात–बिरात वहाँ सियार के रोने की आवाज़ सुनी जाती है। कई लोग कहते हैं कि उन्होंने अपनी आँखों से देखा है कि वहाँ हीरालाल और फुलिया रहते हैं। रात में दोनों पान खाते हैं और यहाँ–वहाँ थूक देते हैं। पान की पीक तो दिन में वहाँ बहुतों ने देखी है।

पता नहीं इस पूरी घटना में सचाई कितनी है। हो सकता है कि अपने ही डर से हवेली घराना बर्बाद हुआ हो। उन्हें भ्रम में ही सारा कुछ दिखायी देता रहा हो। उनके भीतर का पाप जागकर उनकी आँखों के सामने नाचता रहा हो। कुछ लोगों का कहना है कि यह सारी कारस्तानी गाँव के हरिजनों–मोचियों और भूमिहीनों के लड़कों की है। हीरालाल की मौत के बाद घृणा, गुस्से और बदले की भावना में भरकर उन्होंने ही यह सारा प्रेतों का नाटक खेला और हवेली को बर्बाद कर डाला। ये लड़के शहर घूम आये हैं, थोड़ा–बहुत पढ़–लिख गये हैं और पार्टीबाज़ी करने लगे हैं। कुछ लोग कहते हैं कि नहीं हीरालाल सचमुच भूत बन गया। अभी तक वह हवेली में रहता है। लोग हवेली को भुतही हवेली कहते हैं।

बहरहाल, मैं नहीं जानता सच क्या है, झूठ क्या है। मैं तो अभी पिछले दिनों एक शादी के न्यौते में रामपुर गाँव गया था। हवेली मैंने भी देखी। उसमें कबूतर और चमगादड़ रहते हैं। बिल्कुल वीरान और सुनसान हवेली है वह। वहाँ जाकर कोई

भी डर सकता है। उसकी ईंटें झरने लगी हैं। जगह–जगह लम्बी–लम्बी घास उग आयी है। काई जम गयी है।

रामपुर के लोग इतना ज़रूर कहते हैं कि अभी भी पता नहीं कौन रात में हवेली के पिछवाड़े बगीचे को पानी से सींचकर डबाडब कर देता है। बगीचे में अमरूद, सन्तरा और जामुन के पेड़ हैं। ख़ूब मीठे और बड़े फल उनमें आते हैं, जिन्हें गाँव के लड़के तोड़कर खाते हैं।*

तीन पत्र

28–8–87

उदय प्रकाश भाई जी,

नमस्ते। मैं अपना परिचय दे दूँ। मैं आपकी रचनाओं की पाठिका हूँ। 'हंस' पत्रिका के जुलाई अंक में आपकी कहानी 'तिरिछ' पढ़ी। बहुत मार्मिक कहानी लगी। यूँ तो भाषा शैली और सुन्दर शब्द बहुतों के पास होते हैं, लेकिन शब्दों को साकार पीड़ा का रूप दे देना, पात्रों को कमज़ोर न पड़ने देना और अन्त तक पाठक की उत्सुकता बनाये रखना, यह मैंने आपकी कहानी में देखा है। शब्दों का केवल जाल कितना भी सुन्दर बना हुआ हो, किसी को रुला नहीं सकता। उन शब्दों के पीछे लेखक का पात्रों के प्रति न्याय और उसकी पीड़ा ही पढ़ने वाले को रुला सकती है। जैसे 'तिरिछ' में पिताजी के प्रति आपने न्याय किया है। मेरे कहने का तात्पर्य यह है कि सभी स्तरों से आपकी कहानी बहुत अच्छी लगी। इसीलिए आपको बहुत–बहुत धन्यवाद। आपकी कहानी अच्छी लगी इसलिए पत्र द्वारा धन्यवाद देने की गुस्ताख़ी कर रही हूँ। आशा है इस गुस्ताख़ी को अन्यथा न लेंगे। आशा ही नहीं पूर्ण विश्वास है कि आगे भी आप अपनी रचनाओं के माध्यम से युवा पीढ़ी को आज के सन्दर्भ में मार्गदर्शन देंगे। 'हंस' में आपके परिचय में पढ़ा कि आप कविता भी लिखते हैं। आपकी कविताएँ कैसे पढ़ने को मिलेंगी? या कहानी–संग्रह

---

*इस कहानी पर 'उपरान्त' नामक फ़िल्म बनी है।

वग़ैरह भी? आपके पास एक साहित्यकार का ह्दय होगा। चूँकि आप साहित्यकार हैं इसलिए आपके बहुमूल्य समय में अपना यह पत्र लिखा। आप अन्यथा भी न लेंगे। आप मुझसे उम्र में बड़े हैं, इसलिए बड़े भाई की तरह हैं। इसलिए भाई जी लिखा। कृपया अन्यथा न लेंगे। अन्त में कहानी के लिए फिर से बधाई स्वीकार करें। मैं कोई साहित्यकार तो हूँ नहीं, इसलिए शुद्ध साहित्यिक भाषा में तारीफ़ नहीं कर सकती। बस एक पाठक हूँ, इसीलिए आपकी कहानी की तारीफ़ के लिए मेरे पास ज़्यादा शब्द नहीं हैं। अन्त में अपना परिचय दे दूँ। मैं एक डॉक्टर हूँ और मेरे पिताजी यहाँ के कॉलेज में हिन्दी विभागाध्यक्ष हैं और साहित्यकार भी। इसलिए साहित्य में रुझान है। आशा है आगे भी आपकी रचनाएँ पढ़ने को मिलेंगी।

शुभेक्षु,

डॉ. पूनम वर्मा

× × × ×

16–10–87

श्रद्धेय उदय भाई,

दीपावली शुभ हो,

आशा है आप स्वस्थ एवं प्रसन्न होंगे। दो–तीन दिन पहले अप्रत्याशित रूप से आपका पत्र पाकर असीम प्रसन्नता हुई। पत्र के लिए शुक्रिया। अपनी तमाम व्यस्तताओं के बावजूद आपने पत्र का उत्तर दिया, इसके लिए किन शब्दों में धन्यवाद दूँ, समझ नहीं पा रही। इतने प्यार और अपनेपन से भरे पत्र के लिए आभारी हूँ। भाई, आपने मेरी झूठी तारीफ़ की है कि मुझमें संवेदना का तत्त्व विद्यमान है। यह तो मैं नहीं जानती कि मुझमें संवेदनशीलता है या नहीं, परन्तु इतना अवश्य जानती हूँ कि किसी भी लेखक के द्वारा काग़ज़ के बेजान पन्नों पर लिखे–बिखरे शब्द जब किसी को रुला देते हैं, तो उन शब्दों के रचयिता ने कितनी पीड़ा सही होगी, इसका अनुमान भी आसानी से लगाया जा सकता है। मेरी

समझ में, लेखक जो लिखता है, वह सिर्फ़ कोरी कल्पना ही होगी और यथार्थ के साथ उसका कोई सम्बन्ध नहीं होगा, यह कैसे हो सकता है? कैसे हो सकता है कि जो लोगों को रुलाता हो वह ख़ुद उस पीड़ा को न झेलता हो? जो सह नहीं सकता वह लिख भी नहीं सकता। वह केवल शब्दों का जाल बुन सकता है। सम्भव हो, मेरी सोच आपकी दृष्टि में ग़लत हो। अगर मेरे किन्हीं शब्दों से आपको दुख लगे तो उम्र में बड़े होने के नाते क्षमा कर देंगे। वैसे भी आप मुझसे ज़्यादा परिपक्व और अच्छे साहित्यकार हैं। मैं तो मात्र एक पाठिका हूँ।

आपकी अन्य रचनाओं के बारे में जानकारियाँ मिलीं। जानकर अत्यन्त प्रसन्नता हुई कि इतनी छोटी उम्र में आपने इतना सारा काम कर लिया है। आप अपनी अन्य नयी रचनाएँ जिन पत्रिकाओं में भेजें, मुझे अवश्य सूचना देते रहने का कष्ट करेंगे। आपके शब्दों में आपके कहानी–संग्रह 'दरियाई घोड़ा' की कहानियाँ मुझे अच्छी लगेंगी, यह तो सच है ही, परन्तु ऐसी बात भी नहीं कि आपकी अन्य रचनाएँ ख़राब लगेंगी। आपकी सभी रचनाएँ मेरी समझ से अच्छी होंगी क्योंकि आप में वो सभी गुण विद्यमान हैं, जो एक शुद्ध साहित्यिक व्यक्ति में होते हैं। आप ऐसा कदापि न सोचेंगे कि मुझे सिर्फ़ गद्य से लगाव है। मुझे कविता से भी उतना ही लगाव है।

आपकी इस बात से सहमत हूँ कि हमें अपने पिताजी से हिन्दी साहित्य की काफ़ी जानकारियाँ मिल जाती हैं। उन्हीं की देन है कि हम सब भाई–बहनों में साहित्य के प्रति लगाव है। मैं अपने घर के सभी लोगों के बारे में बता दूँ। हम चार बहनें और एक भाई हैं, जिनमें दो बहनों की शादी हो चुकी है। घर में मैं सभी भाई–बहनों से छोटी हूँ। एक दुर्भाग्य है हमारे साथ, कि जब मैं छोटी थी, तभी हमारी माँ का देहान्त हो गया था। इसलिए हमारे सर पर माँ का साया नहीं, जो कि नितान्त ज़रूरी होता है। ख़ैर, हम मूलतः उत्तर प्रदेश, वाराणसी के पास के रहने वाले हैं। इसलिए साहित्य के प्रति रुझान है। मैंने अपने परिवार से परिचय करवा दिया।

अब आप एक बात बतायें भाई, कि आप एक अच्छे साहित्यकार होकर राजनीतिक पत्रिका से कैसे जुड़ गये? क्या राजनीति से भी लगाव है?

पत्र काफ़ी लम्बा हो गया है, इसके लिए क्षमाप्रार्थी हूँ। यह पत्र आपसी परिचय का था इसलिए लम्बा हो गया। आगे ऐसा नहीं होगा।

आपकी इस बात से मैं सहमत नहीं कि दिल्ली का जीवन बड़े पत्र लिखने की फुर्सत नहीं देता। मानती हूँ कि महानगरों में व्यस्तता ज़्यादा होती है लेकिन इसका यह अर्थ नहीं कि और सभी जगहों के व्यक्तियों को व्यस्तता नहीं घेरती। आज के युग में प्रत्येक व्यक्ति व्यस्त तो रहता ही है, चाहे वह कहीं रहे। पर असली बात मन की और इच्छा की है। मैंने ऐसा इसलिए लिखा क्योंकि आपके शहर की मेरी कुछ महिला मित्र, जो काफ़ी व्यस्त रहती हैं, फिर भी हमेशा बड़ा अपनापन भरा ख़त भेजती हैं। आप कहेंगे यह सम्बन्ध पर निर्भर करता है। ख़ैर, मेरी आदत थोड़े लम्बे पत्र लिखने की है, पर घबराइये मत, आपके साथ ऐसा नहीं होगा। मैं थोड़ी भावुक लड़की हूँ, इसलिए पता नहीं क्या–क्या लिख गयी। अगर मेरी कोई बात बुरी लगे तो अवश्य क्षमता कर देंगे। इतनी तो एक साहित्यकार से अपेक्षा कर ही सकती हूँ। अगर मेरे लम्बे पत्र लिखने का डर न हो और मेरी बात बुरी न लगी हो और सम्भव हो, तो पत्र देंगे। पिताजी भी आपको पत्र देंगे। उन्हें भी कहानी पसन्द आयी है। घर में सबको यथायोग्य तथा दीपावली की शुभकामनाएँ कहेंगे। आपके स्नेह भरे पत्र के कारण इतना लम्बा पत्र हो गया, क्षमता करेंगे। आगे भी इसी तरह स्नेह और अपनेपन से भरे पत्र की अपेक्षा रहेगी। कृपया भाषा पर ध्यान न देंगे। अगर कोई त्रुटि हो तो क्षमा करेंगे।

आपकी शुभेक्षु,
पूनम वर्मा
बम्बई

× × × ×

23–3–88

भाई उदय प्रकाश जी,

नहीं जानता था कि हमपेशा होने के बावजूद आपसे प्रथम परिचय ऐसे पत्र के ज़रिये होगा। आपकी प्रशंसिका और मेरी छोटी बहन पूनम वर्मा गत 21 तारीख़ को अल्पायु में ही परलोक सिधार गयी। अत्यन्त ही आकस्मिक रूप से 'किडनी फेलुअर' के कारण उसका निधन हो गया।

गत वर्षात में वह मेरे पास यहाँ आयी। मृत्यु–पूर्व आपके बारे में उसने कई बार मुझसे चर्चा की थी। उसी भावनात्मक आधार पर आपको यह दुःखद सूचना दे रहा हूँ।

सविनय,
(आलोक)
आलोक रंजन
ई. एस. आई. सी. नगर,
अँधेरी (वेस्ट)
बम्बई–400058

❐❐